KB003433

딱 1인분만
할게요

이서기 지음

책수레

일러두기

본 이야기의 인물, 사건, 장소 등은 사실과 무관하며
창작에 의한 허구임을 알려드립니다.
인물의 성격과 특징을 살리기 위해 입말을 살렸으며
저자 고유의 스타일을 따르고 인터넷 문체를 일부 사용하였습니다.

딱 1인분만 할게요

이서기 지음

차례

받는 만큼만 일하고 싶어요

"1인분만 하고 살아."
자라오면서 엄마로부터 매일 듣던 말이다.

"세상 모두가 1인분만 하고 산다면 그곳은 유토피아가 될 거야."
0.5인분 하는 사람들을 향해 분개하는 친구들이 하는 말이다.

"1인분 하기가 너무 힘들어. 나도 민폐 끼치고 싶지 않은데."
적성에 맞지 않는 1인분을 강요받는 사람들이 하는 말이다.

세상이 원하는 1인분의 기준,
각자가 원하는 1인분의 기준이 모두 다른 세상에서
단 한 가지만큼은 명확하게 말하고 싶었다.
"받는 만큼만 일하겠습니다."

정확하면 믿음직스럽고
애매하면 오해가 생긴다.
정확한 사람이 착한 사람이 된 세상에서
받는 만큼 정확하게 일하겠다고 말하는 게
왜 이렇게 어려운 건지.

세상을 향해 당당하게 말하고 싶다.
"저는요, 받는 만큼만 일하겠습니다. 문제 있나요?"

이서기

등장인물

이서기 (33세)

"공무원 되면 1인분 하는 거라고?
그럼 난 10인분 100인분 하고 싶어!"

엄마의 소원대로 9급 공무원이 되어 그럭저럭 살고 있는 평범한 MZ세대 직장인. 4년 차 공무원이지만 아직도 적응을 못 하고 꾸역꾸역 직장생활을 견뎌낸다. 그런데 자꾸만 어릴 적 어디엔가 놓고 온 작가라는 꿈이 서기를 뒤흔든다. 나이 33살에 꿈을 찾으려고 애매한 방황을 하는 애어른이 된 기분.
"그래도 내가 10인분 할 수 있는 일이 따로 있지 않을까?"

공현우 (33세, 서기의 남편)

"서기야, 니가 노력한 것만 욕심내.
몸보다 마음이 바쁘면 안 돼.
마음은 잠깐 서 있으라고 해."

사고로 어깨를 잃고, 수영선수가 되겠다는 꿈도 잃었다. 하지만 날개가 꺾인 새도 행복하게 살 수 있다는 걸 보여 주고 싶어, 주저 없이 신림 고시촌으로 들어가 1년 만에 보란 듯 공무원이 되었다. 부모님이 원하는 공무원 부부, 허울은 좋지만 알맹이가 없는 텅 빈 기분으로 살아가기에는 우리 청춘이 너무 쨍하잖아. 나는 꿈을 잃었지만 서기만큼은 반짝이는 꿈을 펼치며 살아가게 해주고 싶어.

8

엄마 (62세, 서기의 모친)

"애가 또 시작이네. 엄마가 그랬잖아.
공무원은 10년만 버티면 괜찮다고, 먹고살 만하다고!"

매일 새벽 6시 반, 20년 동안 어김없이 떡집 문을 연다. 그렇게도 억척스럽게 서기 남매를 길러냈다. 철없는 막내 딸내미 서기가 다칠까 봐 항상 전전긍긍, 안절부절못한다. 오랜만에 찾아온 서기가 복장 터지는 소리를 해도, 딸내미가 김치도 없이 밥 먹을까 걱정인 엄마. 다만 서기가 세상 풍파에 상처받을까 그냥 안락한 공무원 생활만 하고 살았으면 좋겠는데, 뭐가 그렇게 해보고 싶은 일이 많은 건지. 그래도 서기야, 엄마는 네가 원하는 거라면 다 해주고 싶단다.

아빠 (66세, 서기의 부친)

"나 죽으면 제사상에는 소주 한 병, 맥주 한 병,
막걸리 한 병이면 된다고 그랬지?"

매일 반주로 소주 한 병씩을 받아 마시면서 평생을 버텨낸 서기네 가족의 가장. 20년 넘도록 평생을 헌신한 회사에서 명예퇴직을 권유받지만 아직 취업 못 한 딸내미가 눈에 밟힌다. 마음 같아선 더럽고 치사해서 나간다고 큰소리치고 싶지만 그러기에 난 너무 늙어버렸어. 조금 툴툴대고 불만이 많아도 그건 서기 너에게 거는 기대가 정말 커서 그랬던 거야. 우리 딸이 최고로 이쁘고 최고로 똑똑하잖아. 딸, 네가 좋아하는 포도랑 딸기 있어. 오늘 와?

오빠네 부부 (이정우 35세, 김주희 35세)

> **"아빠, 걱정하지 마요. 우리 충분해.**
> **지금까지 번듯하게 키워주신 것만으로 감사해요.**
> **예쁘게 잘 살게."**

서기의 오빠네 부부. 각자 번듯한 직장을 다니고 가정을 꾸렸다. 서기의 하나뿐인 친오빠 정우는 든든하게 서기 가족을 살뜰히 챙긴다. 새언니는 속이 깊고 서기 가족에게 언제나 살갑다.

김소라 (33세, 서기의 친구)

> **"무조건 너가 제일 잘한다고 해!**
> **고민만 하다가 인생 종 칠 거야?"**

서기의 17년 지기 친구. 고등학교 때부터 같은 동네에서 함께 학창시절을 보냈지만 서로 너무나 다르다. 마치 빨간 N극와 파란 S극처럼 정반대 극단에 있는데도 우리는 왜 자꾸 마주치지? 고민하고 주저하는 서기가 답답하면서도 안타깝다. 고민하지 마. 고민만 하다 인생 종칠 거야? 에잇, 모르겠고. 이서기! 만난 김에 맥주나 한잔 할까? 짠!

박민지 (33세, 서기의 친구)

"젊음이 특권이라고? 아니, 젊음은 형벌이야.
젊다는 이유 하나만으로 견뎌내야 할 게 너무 많아."

서기의 고등학교 친구. 대학교 시절 누구보다 열심히 취업 준비를 해서 중견기업에 입사하지만, 경기가 안 좋아졌다는 이유로 권고사직을 당한다. 하, 나 정말 열심히 살았는데. 젊다는 이유만으로 언제까지 고통받고 살아야 하는 거야. 20대로 돌아가고 싶냐고? 아니! 난 차라리 빨리 늙어버리고 싶어.

현재이 (35세, 서기의 공무원 발령 동기)

"실패하고 실패하다가 본선에는 가보지도 못하고
마지막 패자부활전에서 간신히 살아남은 사람들.
그게 9급 공무원들이야."

서기와 공무원 연수원 룸메이트. 과거 극단에서 배우 생활을 하다 홀어머니의 바람대로 9급 공무원이 되었다. 하지만 어머니가 돌아가시고, 난 더이상 공무원이어야 할 이유가 없어졌어. 지켜야 할 것이 없어졌어. 내가 버리고 온 내 꿈이 정말 애매한 재능이었을까? 난 그걸 다시 확인해 보러 가고 싶어. 더 늙어버리기 전에 말이야.

정보라 (35세, 서기의 공무원 발령 동기)

"돈은 뭘 해서라도 벌 수 있는 건데
이미 지나간 시간은 다시는 못 벌잖아.
그것도 내가 가장 젊을 때의 찬란한 시간."

그해 기수 성적 1등, 명문대 출신 엘리트지만 어떤 이유에선지 돌아 돌아 공무원이 되었다. 공무원 월급으로는 살아갈 수가 없어, 야물딱진 성격답게 시원하게 사표를 던지고 원래 전공이던 교육학을 살려 학원을 차린다. 뭘 해도 공무원보다는 더 버는 세상인데, 왜 내 빛나는 시간을 고리타분한 조직에서 낭비해야 해? 너무 아까워!

이준호 (31세, 서기의 직장 동료)

"난 조용한 사직 중이야.
내가 왜 200도 못 벌면서 2인분, 3인분 해야 해?"

서기의 동료 중 유일한 남자 공무원. 나이도 어리고 뭐든지 빠릿빠릿하게 해낼 수 있지만, 월급이 사람 대우를 안 해준다. 2년 차까지는 그럭저럭 참았는데, 서기 누나, 나도 더이상 못 참겠어. 일에 열과 성을 다하지 않고 내가 받는 만큼만 일할 거야. 그 이상은 절대 하지 않을 거라고! 받는 만큼만 일하는 게 뭐가 문제야?

김주성 팀장 (53세, 노운구청 2팀 팀장)

"정답은 조직 안에도 조직 밖에도 없어요.
각자 마음의 중심, 거기에 있는 거지."

20년 근속에 5급 공무원이 되었다. 승진하고 발령받아 온 팀에 이서기라는 관심병사가 한 명 있는 것 같은데, 어떻게 하면 낙오시키지 않고 잘 끌고 갈 수 있을까? 그나저나 이서기 주무관을 볼 때마다 아픈 손가락 작은딸이 생각난다. 내 딸도, 이서기 주무관도 인생의 정답을 도대체 어디서 찾고 있는 거지? 그건 자신만이 알고 있는 건데, 저나이 때는 옆에서 아무리 말해 줘도 모르지. 그냥 묵묵히 지켜봐 줄 수밖에.

김혜련 계장 (48세, 노운구청 2팀 계장)

"왜 싫어하냐고? 사람 싫어하는 데 이유 있니?
그냥 싫을 수도 있는 거잖아!
니가 그냥 일을 못하는 것처럼! 그냥!"

14년 차 공무원. 애 셋을 키우는 평범한 워킹맘. 나는 이 공무원 조직에서 15년 동안이나 군말 하나 없이 일했는데, 자기 꿈 찾겠다고 나대는 이서기가 정말 꼴 보기 싫어. 잠깐만, 근데 내 꿈은 뭐였지?

구민수 계장 (50세, 노운구청 2팀 계장)

"지렁이도 밟으면 꿈틀한다. 하, 근데 꿈틀해봤자거든요?
이미 밟혀서 내장 다 쏟아져 나왔는데 꿈틀해서 뭐 하게요?"

마흔이 다 되어 늦깎이 공무원으로 들어와 벌써 12년 차 공무원이 되었다. 이 좁은 사무실에서 혼자만 벽을 치고 공무원 생활을 견뎌내고 있는 이서기 주무관에게 자꾸 마음이 쓰여서 흘끗흘끗한다. 마음을 어디엔가 두고 와서 몸만 앉아 있는 것 같은데, 십수 년 전 늦된 방황을 했던 내 모습이 자꾸만 떠올라.

조동이 주무관 (40세, 노운구청 2팀 주무관)

"하루 8시간 같이 있다 보면
옆자리 주무관 집에 수저가 몇 벌 있는지,
그게 금수저지, 은수저지, 동수저지, 다 알아야 하는 거야."

서기와 같은 팀, 같은 직급의 주무관. 대외적으로 욕을 먹는 서기가 안타깝기도 하지만, 팀원들과 서기의 뒷담화를 같이하며 은근히 즐긴다. 근데 이서기는 왜 우리한테 끼지 못하지? 아니, 안 끼는 건가? 팀장님이랑만 속닥속닥하는 게 정말 거슬리는데. 그나저나 도대체 무슨 면담을 저렇게 오래하는 거야? 정말 너무 궁금해. 당장 물어봐야겠어!

이승협 팀장 (56세, 노운구청 인사팀장)

"꼰대? 내가 꼰대라고?
MZ들한테 꼰대 소리 듣기 싫어서
라떼도 안 마시는 사람이야 내가!"

조직 내 정치질에 능숙한 능구렁이 고인 물. 정치질로 인사팀장의 자리에까지 올랐다. 나처럼 MZ세대들 이해 잘하고, 공감 잘하는 팀장이 어딨어? 나 같은 상사 만난 걸 행운으로 알아야지! 하, 참나. 근데 이서기 주무관, 책을 썼다고? 돈이 되긴 해? 돈도 안되는 걸 뭐 하러 한다고. 쯧, 야설, 뭐 그런 건 아니지?

고병수 과장 (62세, 퇴직 공무원)

"나, 은퇴하기엔 너무 젊지 않아?
더 일할 수 있는데."

30년 공무원 생활을 마치고 정년퇴직을 했다. 도배학원에 다니며 32살 시집 안 간 딸 뒤치다꺼리를 하고, 90세 연로하신 아버지를 모시는 가장이다. 요즘 나이 62살이면 청년인데, 후배들은 내게 박수칠 때 떠나라고 한다. 나 아직 일할 수 있는데. 시켜만 주면 열심히 할 수 있는데. 그럼 남은 우리 딸이랑 아버지는 어떡하지?

- 1인분 10계명 -

\# 돈을 1인분 줬으면 1인분만 시킨다

\# 덤으로 0.5인분씩 얹지 않는다

\# 나랑 더 일하고 싶으면 1분당 500원

\# 높은 연봉보다 확실한 퇴근을 시킨다 (어차피 적게 줄 거니까)

\# 주인 의식을 요구할 거면 주식부터 준다

\# 선배는 많이 듣고 적게 이야기한다

\# 옷차림, 인사예절은 업무와 무관하므로 지적하지 않는다

\# 나이 어리다고 정신도 어린 거 아니니까 반말하지 않는다

\# 회식은 내가 공짜 고기랑 공짜 술 먹고 싶을 때만 간다

\# "라떼는" 얘기하는 순간 스타벅스 라떼 돌린다

S#1. 저는 조직 부적응자입니다

"저는 부적응자에요."

인정하기까지 시간이 오래 걸렸다. 그는 울고 있는 내게 손수건을 건넨다. 이게 벌써 두 번째 손수건이다. 직장생활 4년 동안 두 번째 부적응이다.

> **김주성**　왜 그렇게 생각해요?
>
> **이서기**　너무 힘들어요. 더는 버틸 수 없어요. 업무는 갈수록 어려워지고 (눈치 보고) 팀원들이랑도 어려워요.
>
> **김주성**　주무관[1]님이 맡은 업무에 문제가 생기고 업무 때문

1　5급(사무관)보다 하위직 공무원을 부르는 대외직명. 6급, 7급, 8급, 9급이 해당.

에 팀원들이랑 부딪히는 일들이 많았던 건 알고 있었어요.

이서기 (울면서) 저는 공무원이랑은 어울리지 않는 사람이에요. 다들 그렇게 얘기해요.

김주성 누가요?

이서기 (머뭇댄다) 팀원들의 뒷담화를 들었어요. 차라리 알아서 나가버리고 다른 사람 받는 게 낫지 않겠냐고…. (서러워서 눈물이 폭발한다)

김주성 주무관님도 이해를 해야 해요.

이서기 네?

김주성 주무관님이 자꾸만 미스 내는 업무들, 팀원들 없었으면 메꾸지 못했을 거예요. 그건 스스로도 잘 알고 있잖아요.

이서기 네, 알고 있어요. 그래서 너무 죄송하기도 해요. 근데 도저히 개선이 안 돼요. 숫자만 보면 압박이 너무 심해요. 이제 저조차도 저 자신을 못 믿겠어요. 팀원들 대하는 것도 점점 힘들고요. 눈도 못 마주치겠어요.

김주성 (걱정스럽다는 듯) 주무관님, 요즘도 병원 다니죠? 약 잘 먹고 있어요?

이서기 아… 네, 좀 괜찮아졌어요.

김주성 그러면 다행이에요.

팀장님의 다정한 목소리를 듣는 순간 나약한 소리만 하는 내
모습이 부끄러워졌다.

이서기 팀장님, 죄송합니다.

김주성 …

이서기 저한테 여러 번 기회를 주셨는데 한 번도 제대로 해
내지 못했어요.

그런데 항상 냉철한 모습이던 그가 갑자기 눈시울을 붉힌다. 그
의 눈물을 보는데 갑자기 소용돌이치던 감정이 차갑게 가라앉
고 당황스럽다.

이서기 (티슈를 뽑아서 건네며) 팀장님….

김주성 (받아들며 눈을 닦는다)

이서기 (당황하며) 왜 우세요….

김주성 갱년기야….

갱년기라는 말에 갑자기 어이없게 피식 웃음이 나온다.

김주성 내가 이래서 면담을 안 해. 눈물 나올까 봐. 주무관
님 볼 때마다 우리 작은딸 생각이 나요. 큰애는 다

자기가 알아서 하는데 작은애는 좀 손이 많이 가거든요. 근데 또 엄청 툴툴거려. 자기한테 드는 품이 훨씬 큰 줄도 모르고. 하는 짓마다 얄미워 죽겠는데 또 어디 내놓는다 생각하면 애가 달아요.

팀장님의 날카로운 눈매에서 갑자기 아빠가 보인다. 세 번째 행정고시를 보러 가던 날, 시험장 앞에서 내게 추우니까 빨리 들어가라고 손짓하던 아빠가 생각났다.

이서기　(눈물 닦으며) 그거 좋은 말 아닌 거 같은데….

김주성　(눈물 닦은 휴지를 정리하고) 주무관님, 본인도 잘 알겠지만 9급 공무원 일은 아무나 다 할 수 있는 일이에요.

이서기　네….

김주성　이 사람, 저 사람 누구나 다 할 줄 아는 일인데, 고등학교만 졸업해도 할 수 있는 일을 왜 본인만 못한다고 생각하는 거예요.

이서기　사실은… 누구나 다 할 수 있는 일이어서 하고 싶지 않은 것 같아요.

김주성　(다시 엄한 표정을 짓고) 그럼 부적응이라고 말하면 안 되죠.

이서기　네…?

김주성 부적응이 아니라 주무관님이 적응을 안 한 거네요. 맡은 업무에, 아니 이 조직에 적응하려고 노력을 했나요?

노력을 안 했다. 어렸을 때부터 부족했을 때마다 줄곧 듣던 질책이다. 성적이 안 나왔을 때, 그래서 고입입시에서 떨어졌을 때, 수능을 망쳤을 때, 남들 다하는 취직 하나 제대로 못 했을 때, 그때마다 세상은 노력이라는 잣대로 날 재단했고 그때마다 나는 분했다.

이서기 어떤 노력이요? 그게 너무 구체적이지 않아요. 무슨 노력을 말씀하시는 거예요?

김주성 남들보다 부족하다고 느꼈으면 그걸 보전하기 위한 노력을 해야죠. 한 번 더 보고, 한 번 더 읽고, 조금 더 일찍 와서 조금 더 늦게 가고. 일을 처음부터 효율적으로 하려고 하지 말아요. 삽질부터 시작해요. (종이와 펜을 꺼내서 업무에 관련된 표를 그린다)
자, 이렇게. 지금 하는 업무, 이거 맞죠? 이렇게 표를 만들고 수식을 먹이면 결괏값이 나와요. 숫자는 거짓말을 안 해요. 검산은 필수예요. 자, 이렇게 이렇게. 원 페이지로 보고할 수 있게끔….

멍한 표정으로 종이를 본다. 그가 쓰고 있는 숫자보다는 그의 글씨체가 눈에 들어온다. 팀장님의 글씨체가 눈매만큼 날카롭다. 팀장님의 뾰족한 만년필이 쓱쓱 종이를 긋는 소리에 고막이 찢기는 것 같다. 나도 모르게 눈을 질끈 감는다.

> **김주성**　　(나를 보며) 제가 볼 땐 주무관님이 먼저 마음을 닫은 것 같아요. 뭘 하고 싶은 거예요?

뭘 하고 싶은 거냐는 물음. 팀장님이 툭 하고 던진 물음표에 하고 싶은 말이 우수수 차오른다.

'저는… 글을 쓰고 싶어요.'
'저는 숫자보다는 글자가 좋은 사람이에요.'
'방구석에서 아무 데도 안 나가고 매일 아무거나 쓰고 싶어요.'
'이걸 하고 싶다고 누구한테 허락받고 싶지 않아요.'
'설득하고 싶지도 않아요.'
'그냥 하면 안 되나요?'

팀장님에게 하고 싶은 말이 목구멍까지 차올랐는데, 그의 눈빛에서도 이제 점점 인내심의 한계가 느껴진다. 그에게서만큼은 도저히 미움받을 용기가 안 난다. 언젠가부터 엄마, 아빠 앞에서 입을 굳게 닫는 것처럼 나는 숨을 참고 말한다.

이서기 열심히 하겠습니다.

김주성 주무관님 열심히 하는 건 아는데, 항상 목소리에 힘이 없어요. 민원응대 할 때도 마찬가지고.

이서기 죄송합니다. (하고 싶지 않은데 해야 하니까요. 이 일 하기 싫은데 해야 하니까요. 친절하고 싶지 않은데 친절해야 하니까요)

김주성 민원응대 매뉴얼 있죠? 민원인에게 진심을 담아서 응대해 봐요.

이서기 알겠습니다. (감정노동 하고 싶지 않아요. 헛감정을 쓰면 숨을 참아야 해요. 저는 숨을 너무 오랫동안 참았어요)

김주성 지금 바쁜 거 지나가고 날씨 따뜻해지면 한가해지는 때가 와요. 사람이 하고 싶은 일만 하고 살 수는 없는 거고요.

이서기 네.

김주성 그리고 앞으로 팀원들한테 죄송하다고 하지 말아요.

이서기 왜…?

김주성 그런 말 할 시간에 더 일하는 모습을 보여주면 돼요. 팀원들이 주무관님한테 악의가 없는 거 잘 알고 있죠? 다시 시작해 봐요. 내가 도와줄게요. 오늘부

23

터 새 출발 하는 거예요. 알겠죠?

하지만 인생에는 새 출발이 없다. 시간은 분절된 것처럼 보여도 연속되어 있고 그 시간 속에 있던 나도 연속되는데, 어른들은 자꾸만 새 출발이란 단어로 사람을 속인다.

대학 가면 달라져, 취직하면 달라져, 결혼하면 달라져. 이 모든 퀘스트를 억지로 깨고 깨서 이 자리에 왔지만, 나는 하나도 달라진 게 없고 새로운 세상이랄 것도 없었는데. 새 출발이란 말에 난 또 숨을 참는다.

> **김주성**　그럼 추스르고 와요. 지금 하고 있는 업무 자료들
> 　　　　메신저로 보내줄게요.
> **이서기**　네, 알겠습니다.

화장실에서 찬물 세수를 한 번 하고 거울 속 내게 말한다.

> **이서기**　사람이 하고 싶은 일만 하며 살 순 없는 거야.

거울 속 내가 대답한다.

> **이서기**　(그래, 그럴 순 없지. 근데 하고 싶은 일이란 걸 해본 적은 있었어?)

S#2. 그래도 1인분은 하고 살아야지

"그래도 일 인분은 하고 살아야지, 아휴."

서기   그래서 어떻게 됐다는데?

엄마   나이 겨우 마흔인데 회사 잘리고, 결혼도 못 하고
            저렇게 맨날 편의점에서 소주나 한 병씩 받아다가
            사나 봐. 다 늙은 엄마한테 천 원, 이천 원씩 받아서.
            아유… 저거 맨발로 맨날 쏘다녀서 어째.

엄마의 못마땅한 눈초리 끝에 세상 잃을 게 없어 보이는 아저
씨가 걸린다. 외투도 없이 술 한 병 사러 나온 백수. 맨발이 너

무 시려 보인다. 그러다 엄마의 옆모습을 보는데 추워서 벌게신 엄마의 얼굴. 엄마가 평생 지켜온 작은 떡가게. 겨울엔 추워서 얼굴이 벌게지고 여름에 더워서 땀띠가 나는 엄마의 1인 감옥. 엄마의 빨간 얼굴 때문에 가슴속에서 울컥하고 뜨거운 돌이 올라온다.

서기   엄마 얼굴이나 걱정해. 생판 모르는 남 걱정하지 말고.

모난 돌이 또 엄마를 향한다. 직장에서 화병(火病) 때문에 뜨겁게 달궈진 돌을 아무 죄도 없는 엄마한테 던진다. 첫발이 시작되자 마구 집어던지기 시작한다.

서기   가게에서 허구헌 날 이러고 있는다고 몇 푼이나 버는데. 하루도 안 쉬고 여기에만 갇혀서, 진짜 언제까지 이렇게 궁상떨려고 그래? 나 취직하면 그만둔다, 나 결혼하면 그만둔다, 맨날 그만둔다고 말만 하고 그대로잖아. 변한 게 하나도 없잖아. 이러고 있으면 사람들이 내 욕해. 엄마가 이럴수록 자식 얼굴에 먹칠하는 거라고, 어? 내 말 듣고 있어?

가만히 잘 지내고 있는 엄마의 일상에 느닷없이 들어와서는, 딸년이라는 게 돌이나 던지고 앉아 있는데 엄마는 아무 말도 안 한다.

엄마　(선풍기 난로에 손을 쪼이며) 여기 선풍기 난로 있잖아.
　　　　불 때놓고 있으면 따뜻해.

서기　엄마 이러는 거 보면 나 진짜 짜증 나, 알아?

마지막 돌까지 하나도 남김없이 던져야 직성이 풀린다. 엄마가
아플 걸 알면서도 멈출 수가 없다. 마음속 울분을 모조리 다 토
해내고 슬픈 표정으로 엄마를 본다. 아무도 나를 알아주지 않는
다고, 엄마는 좀 알아달라고, 그렇게 간절한 표정으로.

엄마　너, 무슨 일 있냐?

역시나 엄마는 내 짜증을 뒤져서 마음을 찾아낸다. 엄마도 눈빛
으로 말한다. '힘들구나, 아프구나, 이유를 말해 봐. 엄마가 도와
줄게.' 엄마의 따뜻한 눈빛에 난 안도한다.
그래, 여기에 내 편이 한 명은 있구나. 따스한 걱정에 잠시 마음
이 노곤해졌다가 엄마의 다 뜯어진 입술 때문에 죄책감이 밀려
온다.

서기　(눈물 흘린다)

엄마 에? 얘가 왜 이래, 왜 울고 그래?

서기 엄마, 나 퇴직할까.

엄마 얘가 또 시작이네. 엄마가 그랬잖아. 공무원은 10년만 버티면 괜찮다고, 먹고살 만하다고.

서기 사람이 고작 먹고살 만하려고 사는 거야? 난 더 잘 살고 싶어.

엄마 지금도 잘살고 있잖아.

서기 아니! 이렇게 초라하게 말고. 나도 남들처럼 돈 많이 벌어서 맨날 스타벅스 커피만 사먹고, 화장실 2개 있는 집에 살고, 좋은 차 타고, 택시 타고, 맛집도 맨날맨날 다니고 싶어. 이렇게 맨날 백 원, 이백 원 아끼고 발 동동 구르면서 아등바등 살기 싫어. 남들처럼 우아하게 살고 싶다고. 근데 돈이 없잖아. 월급 180만 원 받아서 언제 그렇게 돼.

엄마 (딴소리한다) 택시를 왜 타, 버스 타면 되지. 그리고 엄마는 커피값이 제일 아깝더라.

서기 엄마 나 직장 그만두고 글 쓸까. 사람들이 내 글 좋아해. (핸드폰 보여주며) 봐봐, 내 책. 다들 재밌대. 내 블로그에 글만 읽으러 오는 사람도 많아.

엄마 도대체 왜 그래. 너 아까 그 아저씨처럼 되고 싶어? 1인분도 못 하고?

서기	공무원 때려치우면 다 그렇게 된대? 그리고 도대체 1인분이 뭔데?
엄마	공무원 다니는 게 1인분 하는 거야.
서기	그럼 난 10인분 100인분 하고 싶어. 여기서 굶어 죽지 않을 만큼 1인분만 먹고 사느니 비싼 거 좋은 거 10인분 100인분 먹을 만큼 성공하고 싶어. 왜 난 못 하는데.
엄마	철딱서니 없는 소리 하지 마. 그 좋은 공무원을 왜 관둔다고. 빨간 날 파란 날 남들 쉴 때 딱딱 쉬고, 추울 때 더운 데서 일하고, 더울 때 추운 데서 일하고. 뽀나쓰도 달마다 나오잖아. 그걸로 가끔 공 서방이랑 맛있는 거 사먹고 놀러 가라고. 엄마가 맨날 그랬잖아. 엄마가 언제 그렇게 하지 말라고 했어? 글을 쓰고 싶으면 그렇게 하면서 슬슬 쓰면 되잖아.
서기	아니, 그런 게 아니잖아. 엄마, 그런 게 중요한 게 아니잖아. 나 진짜 요즘 미치고 팔짝 뛰겠단 말이야. 엄마는 잘 알지도 못하면서.

김주성 팀장님께 고백했던 것처럼 내가 직장에서 부족하고, 부적응했다고는 도저히 말할 수가 없다. 그걸 말해버리면 엄마가 얼마나 무너져내릴지 무서워서. 엄마에게 나는 30년 동안 공들

여 만든 반짝이는 트로피나.

엄마   왜 그러냐고. 일이 또 힘들어? 누구랑 싸웠어?

서기   (눈물 닦으며) 아니야 그런 거….

엄마   밥은.

이 상황에 밥이라니. 엄마의 밥 소리에 갑자기 모든 게 별것 아닌 것처럼 느껴진다.

엄마   밥이나 잘 챙겨 먹고 다녀, 가스나야. 맨날 라면으로 때우지 말고. 김치는 있어?

서기   뭔 김치야, 갑자기.

엄마   라면에 하나씩 놓아먹으려면 있어야지, 김치가. 묵은지라두.

서기   엄마는 근데 내가 안 될 거 같아? 내가 못 미더워서 공무원이나 하라는 거야? 나 할 수 있어. 더 잘 될 수 있을 거 같아서 그러는데 엄마는 맨날 안 된다고만 해, 왜….

엄마   너 힘들까 봐 그러지, 엄마는.

난 잘 안다. 엄마는 내가 뭐라도 돼서 나를 사랑하는 게 아니란

걸. 그냥 나라는 존재가 무사하기만을 바라는 거다. 지금 엄마 눈빛이 딱 그렇다.

"그냥 맘 편하게 생각하지 말고 살지. 세상사 더러운 꼴 보지 말고 바보처럼 살지."

엄마가 생각하는 가장 안락한 그 조직에서 내가 눈 감고 귀 닫고 바보처럼 살길 바라는 거다. 엄마의 말이 이제는 꼬여서 들린다.

"넌 9급 공무원만 해. 그 정도는 할 수 있잖아. 거기서 귀 닫고, 입 닫고, 아무것도 하지 말고 편하게 살아 편하게. 아무것도 안 하고. 아무것도 안 해서 실패도 안 하고, 좌절도 안 하고, 상처도 받지 말고. 그렇게 완벽한 채로, 완벽하게 연약한 채로."

> **서기**　사람이 좀 힘도 들고 그래야 강해질 거 아니야?
>
> **엄마**　(걱정스러운 표정) 들들 볶지 말고 살어.
>
> **서기**　뭐를.
>
> **엄마**　니 팔자.
>
> **서기**　하… (어이없어서 웃음이 나온다)

내가 상심할까 봐 전전긍긍하는 엄마의 눈빛. 엄마는 그냥 내가 아프지 않기만을 바라는 것뿐이다.

> **엄마**　어마나, 너 저번에 떡 가져간 거 다들 잘 먹었담서.

내가 너 챙겨 보내려고 어제 떡국 떡 뽑은 거 말랑하게 말려 가지고 썰어 놨어.

서기 아 됐어! 엄마, 이제 그런 거 안 가져가.

엄마 왜 안 가져가. 김혜련 계장인지 하는 그 사람이 떡 맛있게 먹었다고 안 했어? 떡 좋아하는 사람은 또 찾아. (떡을 챙기며) 절편이랑 가래떡 가지고 가고. 또 어른들은 개떡 좋아하는데 이번 참에 가지고 가볼 거야? 시루떡은 가루 떨어져서 나눠 먹기가 불편하니까 빼고⋯. (떡이 한가득 담긴 검은 비닐봉지를 내 손에 쥐여 준다)

서기 아 진짜, 안 가져간다니까! 진짜 아무것도 모르면서⋯.

김혜련 계장의 차가운 얼굴이 떠올라서 벌컥 짜증을 내버리고, 나는 또 스스로를 경멸한다. 한심한 년, 밖에서는 찍소리 못하다가 제일 만만한 사람한테 와서 화풀이나 하는 비겁한 년. 나는 못난 딸자식이다.

엄마 (주머니에서 꼬깃꼬깃한 걸 꺼내 내 주머니에 넣어준다) 이걸로 공 서방이랑 주말에 어디 좋은 데 가서 맛있는 거 먹어, 응? 마음 풀고.

주머니에 들어 있는 오만 원짜리 한 장.

서기   (눈물이 터져 나오고) 아 진짜, 내가 애도 아니고….

엄마의 한도 없는 사랑 앞에서 내가 너무 초라해진다. 버스정류
장에 와서 멍하니 하늘을 본다. 날씨가 매서운 만큼 공기가 맑
고 하늘에 티끌 하나 없다. 검은 봉다리 속 가지각색의 떡들.

서기   (가져가 봤자 누가 좋아한다고…)
서기   (전화를 건다) 엄마, 내 방에 립밤 남는 거 많아. 아,
       입술 틀 때 바르는 것 말이야. 하나 아무거나 집어
       다가 자기 전에 바르고 자. 입술 다 갈라져서 피 나
       잖아. 알겠어, 주말에 갈게요.

꾸깃한 오만 원을 만지작만지작하면서 끝내 엄마에게 "고마워,
사랑해"라는 말을 못 한다. 난 딸 노릇도 1인분을 못 한다. 전화
를 끊고서야 고백한다.

서기   엄마, 나 사실 직장에서 1인분 못 해. 4년 동안 한
       번도 제대로 적응한 적 없어. 고등학생도 하는 일을
       나는 못해서 맨날 혼나고 집에서 혼자 울어. 그래

서… 내가 1인분 할 수 있는 곳 찾아서 가면 안 돼'?
그럼 안 되는 거야? 그럼 안 되는 거냐고.

S#3. MZ세대는 참을성이 없어

"MZ세대는 도무지 참을성이 없어."

이승협　요즘 사람들은 참을성이 없어. 그리고 쉬운 결론에
　　　　만 집착하더라고.

김주성　쉬운 결론. (끄덕끄덕) 맞아요.

인사팀장님과의 식사 자리. 출판에 대한 겸직 허가를 받기 위한 자
리다. 허가를 받고 퇴근 후에 조금씩 하고 싶은 글을 쓰면서 업무
에도 잘 적응해 보자고 김주성 팀장님께서 만들어 주신 자리다.

이승협 (콩나물무침을 잔뜩 늘어서 게슬스레 씹어먹으면시) MZ세
대는 내가 겪어본 세대 중에 최약체야. 특히 90~95
년생 애들. 조금이라도 자기 뜻대로 안 되면 못 참
아. 세상이 그렇게 내가 목적한 바대로 흘러가면 그
게 세상이야? 내 뜻대로 하나도 되는 게 없는 게 당
연지산데 요즘 애들은 그걸 인정 안 해.

조금이라도 자기 입맛에 안 맞으면 바로 퇴사하겠
다고 엄포나 놓고. 먹고사는 게 장난이야? 어? (젓가
락으로 내게 삿대질을 하며) 여기서도 못 버티면 다른
곳에는 받아줄 데가 있는 줄 아나 보지? 도망친 곳
에 천국은 없는 법인데, 한 치 앞을 몰라.

김주성 (물을 따라주며) 그래서 3팀 정보라 주무관은 면직[1]
처리된 거예요?

이승협 (물을 마시며) 뭐, 그렇지. 걔가 이제 서른다섯 됐나.
구 계장 있을 때부터 적응을 좀 못 했어. 근데 구민
수 계장 탓만 할 게 아닌 게, 걔가 구 계장 때문에 힘
들다고 해서 구 계장을 자네 팀으로 보내줬지? 그
리고서 6개월도 안 됐는데 이 사달이 난 거잖아.

그럼 문제가 누구한테 있다고 봐야 해? 그런데 진
짜 웃긴 건 정보라가 그해 기수 수석으로 입직했다

---

1 공무원 관계를 소멸시키는 행위. '공무원 퇴사'로 생각하면 쉽다.

는 거야. 슬쩍 물어보니까 100문제 중에 1개 틀렸댔나. (비웃는다) 공부 잘한다고 일 잘하는 것도 아니라니까. 나는 말이야 걔 붙잡아 보려고 어쨌든 인사 담당자로서 할 건 다 했어. 위로도 해주고, 사람도 갈아주고, 가끔 커피도 사주고, 밥도 사주고.

김주성 대체자는 어떻게… 구해지려나?

이승협 모르지 뭐. (갑자기 나를 보며) 내가 요즘 MZ들 때문에 정말 힘들어요. 이서기 주무관은 나 힘들게 안 할 거죠?

이서기 (조금 눈치를 보다가) 근데 팀장님, '쉬운 결론'이 뭐예요?

난 한 번도 이제껏 살아오면서 뭔가를 쉽게 얻은 적이 없었는데, 그가 말하는 쉬운 결론이라는 게 있긴 한 건지 궁금하다.

이승협 (갑자기 급발진한다) 이거에요, 지금 이 태도.

내 질문 하나에 꼰대는 쉽게 가면을 벗는다.

이서기 뭐가….

이승협 생각을 안 한다고요! 직접 해결해 보려고 노력한 적이 있어요?

노오력…. 지긋지긋한 단어.

> **이승협** 내 말에서 뭔가 궁금한 게 있으면 생각을 좀 해보
> 고, 아니면 조사라도 좀 해보고 "이게 이런 말씀이
> 신가요?"라고 재차 묻는 게 아니라 바로 답을 알려
> 달라고 빈손 딸랑 내미는 태도요. 신입일수록 더 심
> 해진다니까? 나한테 뭐 맡겨 놨어요? 그렇게 쉽게
> 결론 내고 싶어 하는 게 요즘 젊은 세대라고!

나는 공무원 생활 4년 만에 '꼰대 감별사'가 되었다. 엠제트를
말하는 그의 입 모양에서 이미 꼰대 측량을 마쳤다.
이승협 팀장 정도면 꼰대 위의 꼰대 정도 위치. 하는 말마다 꼬
박꼬박 말대꾸해서 입을 막아버리고 싶은데, 하지만 속으로만
중얼거릴 수밖에 없는 내 본심.

> **이서기** (모르면 그냥 한 번만 알려주시면 안 되나요? 방금 들어온
> 신입이면 더 빈손인 게 당연하잖아요. 어디서 뭘 찾아야 하
> 는지 인덱스조차 익숙하지 않은데. 처음 6개월은 조직 차원
> 에서 체계적인 교육을 해야 한다고 생각합니다)
>
> **이승협** MZ 신입들 이탈을 막기 위해서 신규 교육 기간을
> 늘리라는데, 가만히 보면 다들 조직이 개인을 위해

서 존재한다고 생각하는 것 같아. (손으로 테이블을 탁 탁 쳐가면서) 조. 직. 은. 개. 인. 의. 명. 분. 을. 따. 라. 가. 지. 않. 는. 다. 개인이 부족한 걸 왜 조직이 보전해 줘야 해? 인생사 각자도생인데?

이서기 (그렇게 각자도생 좋아하시면 조직도 개인한테 기대면 안 되죠. 조직은 조직대로 생존하고, 개인도 개인대로 생존해야 죠)

이승협 교육 한 번 하는 데 돈이 얼마나 드는데, 그 예산은 어디 땅 파서 가져오나?

이서기 (예산이 없는 게 아니라 일하기 싫은 거 아니고요? 팀장님 돈도 아닌데 생색내지 좀 마세요)

이승협 조직이 장난이야? 회사가 장난이야? 다들 왜 그렇게 이기적인지 모르겠어. 그러려면 나가서 자영업 해야지. 여기에 왜 들어왔는데, 개인이 나라에 기여하겠다고 들어온 거 아냐? 우리 공무원 헌장에도 딱 나와 있어. 우리는 근로자가 아니에요, 봉사자지. 봉! 사! 자!

이서기 (봉사하고 싶어서 공무원 된 사람은 단 한 명도 없을 거예요…)

김주성 (주변 눈치를 보면서) 아, 그렇지. 그렇긴 한데, 이승협 팀장님도 실무자 적에는 봉사한다고 생각 안 했을 거잖아요. 이제 또 관리자가 되고 나니까 입장이 달라지고….

이승협 팀장의 목소리가 점점 커진다. 말대꾸 위에 더 큰 말대꾸를 얹는다.

이승협 라떼랑 비교가 안 되지! 요즘은 일하기 너무 쉽잖아. 예전에는 뭐 시스템이 어딨었어. 그냥 맨땅에 헤딩하는 게 기본이고 길이 없으면 닦아가면서 직장생활 했는데. 그런 거 하나 못 참으면 집구석에서 엄마한테 용돈 받아가면서 살 것이지. 왜 기어 나와서 여러 사람 피곤하게 하냔 말이야.

김주성 (만류하면서) 아이, 꼰대 같이 왜 그러세요, 진짜. 허허….

오, 나이스! 웃으면서 먹이기.

이승협 (팔짝 뛰면서) 꼰대? 내가 꼰대라고? MZ들한테 꼰대 소리 듣기 싫어서 라떼도 안 마시는 사람이야 내가.

이서기 (라떼 이미 백만스물한 잔 드셨고요…)

이승협 허, 참. 아니, 자네 생각해 봐. 옛날 같았으면 어디

팔구 급이 사무관이랑 이렇게 겸상을 해?

생각보다 심각한데. 우리 아부지도 말하기 민망해서 손절한 겸상론이다.

김주성 (좀 놀라서) 요즘 그런 말 하면 큰일 나요…. (말 돌리며) 아니, 그래서 아드님이 이번에 시험 합격하셨다면서요. 축하드려요.

이승협 아, 그럼. (누그러진다) 내 아들은 대학 안 보내고 바로 공무원학원 보냈어. 정보라처럼 연고대 나와도 다 결국 돌아 돌아서 공무원 들어오는데 대학이 다 무슨 소용 있어. 차라리 공무원 빨리 될수록 좋아. 일 년에 3만 원 올라도 그게 어디야. 땅 파면 1원이라도 나와? 20대에 얼른얼른 시험 보고 들어가서, 30대쯤 공무원이랑 결혼하고, 40대쯤 내 집 장만해서 애 낳고 늙어서, 노후자금 부족하다 싶으면 주택연금 들어서 집 뜯어먹고 살면 되지.

완벽한 공무원 인생론. 모두에게 한 치의 오차도 없이 적용된다. 저마다 다른 개성을 가지고 시작한 인생이 이 조직에만 들어왔다 하면 한 가지 모양의 공산품이 되어 나온다.

아들 이야기를 하면서 빈찍이는 이 팀장의 눈빛에서 나름 부터 엄마의 눈동자가 보인다. 아, 이제야 알 것 같다. 엄마의 사랑인 줄 알았던 따뜻한 품은 어쩌면 과잉보호였을지 모른다는.

이승협　그래서 뭘 한다고.? 겸직?

이서기　네….

김주성　우리 주무관님이 글재주가 있어서 인세를 받는대요.

이승협　인세? 책?

이승협 팀장은 꽤나 놀란 눈치다.

이승협　니가? 니가 무슨 책을 내?

이승협 팀장의 입꼬리가 올라간다. 익숙한 갈고리 모양. 내가 다른 대안을 내놓고 다르게 살고 싶다고 말하면, 모두들 하나같 이 이 팀장처럼 입꼬리를 한쪽만 올리면서 말했다.

이승협　"니가?"

이승협 팀장의 입 모양에 갑자기 움츠러든다. 그 갈고리 같은 입꼬리에 처음엔 반항심이 생겼다. 들리진 않더라도 꿍얼꿍얼

내 생각을 흘렸다. 그런데 시간이 지날수록 이들의 모습이 내 거울이 되고, 나도 스스로 그 갈고리에 내 목덜미를 걸어 놓고 위를 보지 못하게 했다. 그렇게 몇 년간이나 생물도 아니고, 완전건조도 아니고, 애매한 반건조 인생을 살고 있는데.

이승협   니가 무슨 책을 내느냐고. (비웃음) 너가 뭐, 작가라도 돼?

이서기   (얼굴이 빨개진다) 그냥 낸 거예요.

이승협   인세, 뭐 얼마나 되는데?

이서기   얼마 안 돼요.

이승협   몇십만 원 돼?

이서기   …

이승협 팀장은 대답을 못 하는 내 얼굴을 보고 안도의 미소를 짓는다.

이승협   돈도 안 되는 걸 뭐 하러 해.

이서기   (팀장님처럼, 바짝 마른 오징어처럼 늙기 싫어서요. 조금은 생기 있어지고 싶어서요)

이승협   야설, 그런 건 아니지?

이서기   (귀를 의심) 예…? (손사래 치면서) 아뇨, 그런 거 전혀

아니고…. 30내 세 또래 세대들이 취직히고 성장하
는 뭐 그런… 성장소설….

하, 나 지금 왜 부연설명을 하고 있지?

이승협 (서류를 들춰 보며 못마땅하다는 표정으로) 공무원의 품
위유지 의무, 알죠? 저촉되는 내용이면 징계 대상
이에요.

이서기 네, 알고 있습니다. (180만 원짜리 인생에 지켜야 할 품
위가 있었나요?)

김주성 아유, 내가 다 읽어봤는데. 그냥 요즘 MZ세대들 읽
기 좋은 소설이에요.

이승협 (나를 꼬나보며 중얼거린다) 라떼는 신춘문예 당선된
사람들이나 책 내고 그랬는데. 요즘은 쩝, 시대가 바
뀌었는지… 개나 소나.

내가 계약직 강사 시절에 들었던 '개나 소'라는 명칭을 9급 공
무원이 되어서도 듣고 있다. 개나 소가 되고 싶지 않아서 이곳
에 들어왔는데, 언제쯤 난 사람으로 회생할 수 있을지?

이승협 (자리에서 일어나며) 오늘 신입들 회식하는데 팀장님

오지?

김주성   아뇨, 저는 오늘 차 가지고 와서.

이승협   그래, 할 수 없지. 내가 또 술 한잔씩 하면서 편하게 해 줘야지.

MZ세대를 경멸하지만 누구보다 우리에게 인정받고 싶어 하는 이중성. 그게 사람을 얼마나 힘들게 하는지 이 꼰대는 전혀 모른다.

이서기   팀장님.

이승협 팀장과 김주성 팀장이 동시에 나를 본다.

이서기   (보라 언니가 그랬어요. 이승협 팀장님이랑 밥 먹고 커피 마시는 게 제일 싫었다고)

이승협   나?

이서기   정보라 주무관님이 감사하다고 전해달라셨어요.

내 말 한마디에 그의 얼굴에 차오르는 환희.

이승협   그래? 정보라랑 아는 사이야?

이서기   네, 동기니까요.

이승협   언제나 어디서나 응원한다고 전해 줘. 어딜 가든 반

짝이는 별이 될 거라고.

토가 쏠린다.

이서기   네.

맑눈광(33세, 공무원)

윗 세대들이 자꾸 MZ MZ 거리는 것에 대해
피로감을 느낍니다.

S#4. 내가 매일 출근하는 1인 감옥

내가 매일 출근하는 1인 감옥.

사무실에 와서 자리에 앉았다. 점점 비좁아져서 옴짝달싹도 못하겠는 이 자리에서 소심하게 마우스를 흔들어 컴퓨터를 깨운다. 벌써 가득 쌓여 있는 메신저 쪽지들.

김주성

자료 보고 모르는 게 있으면 언제든지 질문해요.

업무매뉴얼.zip

저장 · 다른 이름으로 저장

1,000페이지짜리 업무 매뉴얼이다. 스크롤을 주르륵주르륵 내릴수록 바짝 조여지는 코르셋. 갑자기 턱 하고 숨이 막혀서 다급하게 물을 벌컥벌컥 마신다. 다시 알록달록한 엑셀 시트를 띄우고 계산기를 꺼낸다. 4년째 두들겨서 숫자가 다 지워진 내 계산기.

"숫자는 거짓말을 안 한다. 검산은 필수다."

김주성 팀장님의 간단한 명령을 끊임없이 되뇐다. 그리곤 팀장님이 더듬더듬 그려주신 표를 만들고 수식을 넣는다.

=sum(A…)

=vlookup(A…)

기계적인 손동작. 이제는 생각을 안 해도 자동으로 움직이는 손가락. 이 손가락을 만들기 위해서 난 노력을 안 했나? 억울함이 밀려올 때마다 물을 마시는 척 감정을 삼킨다.

내 낡은 텀블러에는 커피도 아니고 물도 아니고 억울함이 가득 채워져 있다. 먹고 먹고 먹다가 억울함으로 배가 터질 거 같은데…. 그래도 그냥 먹는다. 그럴 수밖에 없으니까.

기계적으로 만들어진 수식 끝에 뜬 결괏값은 false.

false! false!! false!!!!!!

분명 그랬는데, 숫자는 거짓말을 안 한다고. 근데 또 거짓말을 한다. 숫자가 거짓말을 하는지, 내 손가락이 거짓말을 하는지, 아니면 이 자리에 앉아 있는 나란 인간 자체가 거짓말인지. 눈물이 흐르는데 애써 마음을 고쳐 먹어본다.

'아니야, 괜찮다. 다시 해보자. 검산은 필수다. 검산은 필수니까…. 검산은….'
입은 괜찮다고 하는데 계속 흐르는 눈물. 누가 볼까 봐 얼른 닦아내면서 꾸역꾸역 계산기를 두들기는데 계속 틀린다.

  이서기 (왜 한 번도 맞질 않아. 이제 4년인데, 그 정도면 깎일 만큼
       깎였잖아. 왜 내 모양만 맞질 않아. 다들 맞아들어가는데 왜
       나만…)

아직도 기계가 되지 못한 내 손가락 위에 눈물이 떨어진다. 그때, 자리에서 일어나 내게 차갑게 말하는 김혜련 계장님.

  김혜련 이서기 주무관, 오늘 3시까지 엑셀 시트 완성해서
       보내세요.

김 계장님의 차가운 입 모양이 내 귀에 대고 뒷담화를 속닥댄다.

김혜련　(너 때문에 돌아버릴 것 같아)

고개를 절레절레해서 김혜련 계장의 본심을 쫓아내고 그녀의 가면 위에 얼른 대답한다.

이서기　네, 알겠습…

말을 끝내려는데 갑자기 일어나서 팀원 전체에게 공표하는 김주성 팀장님.

김주성　오늘부터 이서기 주무관 압박하지 마세요. 처리 안 돼도 그냥 마감합니다.

싸해지는 팀 분위기.
하, 새 출발이긴 하다. 공식적인 관심병사로서의 새 출발.

S#5. 이 정도면 직장 내 괴롭힘 아니야?

조동이   이 정도면 직장 내 괴롭힘 아니야? 어쩌다가 이 지
           경이 된 거야.

이서기   (문서 정리하며) 왜 또….

혼자 문서를 정리하고 있는데 확성기가 입을 열고 내게 다가온
다. 보이지 않는 귀마개가 있다면 진짜 좋을 것 같아.

조동이   아니, 일단 됐고. 너 뭐라고 했길래 어제 김주성 팀
           장님이 그러시는 거야? 압박하지 말라니. 어제 둘
           이 나가서 한 시간도 넘게 안 들어오더구먼. 뭐가

어떻게 된 건데? 응? 응?

이서기 별말 안 했어요….

조동이 나한테는 말을 해봐. 그래야 내가 쉴드를 쳐주든가
하지, 어? 야, 나도 힘들다. 다들 너 욕하는데 나 혼
자 애매한 입장 취하기도. (눈치 보며) 근데 우리 팀
사람들 그렇게 나쁜 사람은 아니야. 너도 잘 알지?
니가 좀 업무를 못하긴 하잖아. 근데 못하면 좀 끈
덕지게 앉아 가지고 하는 모습을 보여 줘야 되는데,
니가 또 막 칼퇴하고, 회식도 안 오고, 쌩하고 집 가
고 그러잖아. 그니까 사람들이 너를 좋게 볼 수가
있어? 더 싫어하지? (얼굴을 들이밀며) 요즘은 또 얼
굴이 왜 이렇게 죽상이야? 좀 웃어라, 야. (얼굴을 더
들이밀며) 얘, 그리고 넌 젊은 애가 화장은 왜 안 하
니. 다크서클 봐봐. 어머 어머, 10년은 늙어 보인다.
야, 꾸미는 것도 다 사회생활이야.

이서기 화장할 시간이 없어요.

조동이 (갑자기 속닥대며) 그리고… 저번에 네 실수로 민원
꼬인 거 때문에 미옥 언니가 지금 화가 많이 나 있
거든. 글쎄, 너한테 대학 나온 거 맞냐고 너무 말을
심하게 하는데….

이서기 (말 끊으며) 저번에 말씀해 주셨어요.

조동이 뭐?

이서기 그 뒷담화는 이미 말씀해 주셨다고요.

조동이 아… 그랬어? 야, 뭘 뒷담화야 그게…. 그냥 따로 좀 소곤소곤한 걸 가지고. 그런 거로 막 꽁해 있고 그런 거 아니지?

이서기 네….

조동이 근데 뭐, 미옥 언니랑 김혜련 계장도 너가 이해해야 해. 너야 뭐 멀쩡하게 직장 잘 다니는 남편 있어, 애도 없지, 어리지, 집도 자가에, 시부모 부양하기를 해, 뭘 해? 아유, 그니까 내 말은 너처럼 상팔자가 없다는 거라고. (혀를 차며) 쯧… 근데, 이거 일 하나를 제대로 못해서. 내가 니 일 대신 해주고 싶은 마음이 굴뚝 같은데, 난 너 업무를 해본 적이 없으니까.

이서기 안 도와주셔도 돼요.

조동이 (등을 픽 치면서) 그래, 기운 좀 내라!

이서기 (아프다) 아….

조동이 그래도 너는 진짜 그래도 상사 복이 있어. 너는 진짜 김주성 팀장님한테 충성을 다해야 해. 어디 5급 사무관님이 8급 부하직원 일을 도맡아서 해주니? 아무리 결재권자라도 자기가 그렇게 실무 도맡아 해주는 사람 없다, 너? 동료들 다 욕해도 상사 한 명만

딱 네 편이면 장땡이지. 안 그래? 너는 진짜 하늘이
살린 거야. 너도 솔직히 팀장님 믿고 그러는 거잖아.

아, 서류를 어디까지 묶었더라. 순서 바뀌면 골치 아픈데.

조동이   아니, 왜 대답을 안 해?

이서기   아… 죄송해요. 딴생각했어요.

조동이   (못 마땅) 사람이 말하면 좀 듣지. 아니, 그래서… 어
              제 뭐라고 하셨는데. 팀장님이, 응?

이서기   뭐, 저만 보면 작은딸이 생각나신대요.

조동이   그래? 어머. (손뼉 치며) 맞네, 맞네. 작은딸이 대학을
              못 가서 재수한다고 했나 어쨌나. 자기도 삼수했다
              고 하지 않았어? 행정고시 몇 번 떨어졌댔지?

하, 나보다도 내 인생을 더 깊숙이 꿰뚫고 있는 내 직장 동료.
잊을 만하면 그녀의 날카로운 창에 매일 관통당하는 너덜너덜
한 내 인생.

이서기   근데 어떻게 저보다 제 인생을 더 기억 잘하세요.

조동이   애, 원래 하루 8시간 같이 있다 보면 옆자리 주무관
              집에 수저가 몇 벌 있는지 그게 금수전지, 은수전지,

동수전지, 다 알아야 하는 거야.

이서기 그걸 왜 알아야 해요?

조동이 그래야 서로 이해해 가면서 잘 지내지. 혼자 사는 세상이니?

이서기 (네, 공무원 사회는 혼자 사는 세상이잖아요. 공무원이 팀 프로젝트를 하는 건 아니잖아요. 공무원만큼 업무 분장 정확한 데가 어딨다고. 각자 업무만 잘 이해하면 되는 거 아녜요?)

조동이 너 이따가 회식하러 와? 안 와?

이서기 (제가 빠져드려야 님들이 제 욕을 하죠) 저는 못 갈 것 같아요.

조동이 아유, 그래. 집에 가서 쉬어. 팩도 좀 하고. 넌 술 먹을 상태가 아니다 지금.

그녀의 얼굴에 도는 화색.

S#6. 조용한 사직 중입니다

"조용한 사직 중입니다만."

이준호

> 조용한 사직. 오늘 출근하는데 라디오에서 나오더라. 누나, 뭔지 알아?

이서기

> 그게 뭐지?
>
> 조용하게 잠수 타는 건가?
>
> 아무리 그래도 잠수는 아니지.

띠리리리-

깜짝이야. 사무실 전화가 울리자 준호와의 대화창을 황급히 내리고 주변 눈치를 본다. 김주성 팀장님이 보내주신 민원응대 매뉴얼에서는 민원 전화가 두 번 울리기 전에 반드시 받아야만 한다고 했다. 모두들 눈치 게임을 시작한다.

띠리리리-

"좋은 말로 할 때 받아라. 이 감정 쓰레기통아."

전화기가 콕 집어서 내게 말한다. 이 조직에서는 전화 한 통도 연공서열대로 받아야 하기 때문이다. 내 손으로 전화기를 들긴 하지만 이건 자의가 아니다. 절대 거부할 수 없는 수직적 계급에 의한 완벽한 타의.

이서기　감사합니다. 노운구청 000팀 주무관 이서기입니다.
　　　　　무엇을 도와드릴…

인사말이 끝나기도 전에 귀에 하이텐션으로 때려 박는 선량한 시민의 쌍욕. 즉시 수화기를 귀에서 떼고 내 귓구멍과 수화기 사이에 벽을 급하게 세운다. 아직 내 뇌는 계산기가 되진 못했지만 주둥이는 기계가 다 되었다.

이서기　아… 네, 많이 불편하셨겠습니다. 하지만 절차라는 게…

시민 (말 끊으며) 아니! 절차, 절차 하지 말고 일을 효율적
으로 처리할 생각을 해야지.

이서기 (네, 저도 동감이에요. 저야말로 일하려고 절차를 밟는 것인
지, 절차를 완성하려고 일을 하는 것인지 헷갈린다고요) 죄
송합니다….

동료들 모두 숨죽이고 내 감정 쓰레기통에 쓰레기가 차곡차곡
쌓이는 걸 성실하게 지켜본다. 아니, 내가 과연 어디까지 참을
수 있을 것인지 속으로 셈을 하며 감시한다. 내 몸통이 점점 감
정 쓰레기들로 채워지기 시작한다. 발로 꾸역꾸역 밟고도 더는
집어넣을 공간이 없어질 때쯤 시민의 뾰로통한 물음.

시민 왜 그렇게 성의가 없어요?

어, 너무나 본질적인 질문인데, 하지만 이미 입은 뇌보다 빨랐다.

이서기 넵, 죄송합니다. 시정하도록 하겠습니다.

성의가 없는 건 어떻게 시정하지? 돈 주고 사 올 수 있는 것도
아니고. 그런데 순간 말이 없는 시민. 통화가 끊어진 것인지 확

인해 보지만 통화 시간은 계속 쌓이고 있다.

18분 10초⋯. 11초⋯. 12초⋯. 소음보다 무거운 침묵 때문에 등골이 서늘한데, 욕이라도 대답이 간절하다. 차라리 욕을 해! 하던 대로 욕을 하라고!

이서기 여⋯ 여보세요⋯?

시민 저기요.

이서기 네, 말씀하세요.

시민 언니가 내 말 들어줘서 고맙긴 한데, 밥 좀 먹어요. 다 죽어가네.

이서기 네⋯?

뚜뚜⋯

수화기를 놓고 두리번댄다. 뭐지? 병 주고 약 주는 거야, 뭐야. 모르겠다. 알 바 아니고 어쨌든 고비 잘 넘겼다. 18분 55초 동안의 깔딱고개. 좀만 더 가팔랐다면 과호흡으로 죽었을지도 몰라. 거울을 보는데 얼굴이 새파랗다. 무려 18분 동안 숨을 참았다. 입으로 다시 튀어나오려고 하는 검은 감정들. 검은 감정은 검은 물로 넘긴다. 식은 카누를 먹기 싫어도 억지로 마신다. 아직도 숨이 자유롭지 않다. 그나마 바늘구멍만 한 숨구멍을 다급하게 클릭하는데 이미 준호의 울분이 대화창 가득 쌓여 있다.

이준호

(20분 전) 이어폰 끼고 일하는 게 그렇게 꼴 보기가 싫나? 이승협 팀장님이 나한테 메신저 보냈더라고. 업무시간에 이어폰 끼는 거 황당하대. 근데 내가 이어폰 끼든 말든 황당할 필요가 없지.

그렇다고 내가 일 못하는 게 아니잖아. 내가 총무하고, 내 업무 수행하고, 네 업무 하고, 쟤 업무 하고, 다 하면서 음악 좀 듣겠다는데 지가 어쩔 거냐고.

우리 팀 소 계장님 병가 들어가시고 대체자 안 구해져서 내가 2인분 하고 있는데. 짬 처리는 다 시키고 손가락 하나 들고 출근해서 결재 버튼만 누르는 주제에 팀원들 감시 하나는 잘해.

CCTV 주제에 왜 월급을 오백씩이나 받아가냐고. 일은 내가 하고 왜 자기가 청장한테 가서 생색내냐고. 아 그래, 짬 순이니까. 거기까지 오케이.

그러면 좀 건들지라도 말든지! 시도 때도 없이 담배 피우러 가자고 끌고 나가는데 돌아버리겠어. 학연, 지연, 다음이 흡연이라면서 이빨 누레져서 처웃는데, 진짜 얼굴 뜯어버리고 싶었다니까, 오늘···. 하, X 같은 인생.

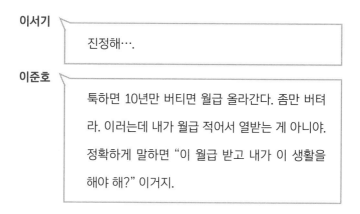

이서기

진정해….

이준호

툭하면 10년만 버티면 월급 올라간다. 좀만 버텨
라. 이러는데 내가 월급 적어서 열받는 게 아니야.
정확하게 말하면 "이 월급 받고 내가 이 생활을
해야 해?" 이거지.

채팅을 치면서 실바람이라도 조용하게 들이킨다. 턱없이 모자
라지만 이게 어디야. 언제쯤이면 들숨 날숨이 후한 공무원이 될
지. 엄마 말대로 앞으로 6년 더 성실하게 숨을 참아서, 숨 참기
10년 차가 되면 숨통이 트일지. 아 근데, 뭘 하고 있다고?

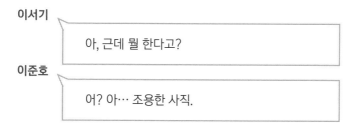

이서기

아, 근데 뭘 한다고?

이준호

어? 아… 조용한 사직.

청천벽력이다. 내 유일한 숨구멍마저 틀어막히기 직전 떨리는
손으로 채팅을 친다.

이서기

너… 면직하게?

다시 한번 생각해. 1인분은 해야지….

이준호

아니, 그게 아니라.

https://n.news.naver.com/article/xxx.html

"**조용한 사직**(Quite Quitting)"

이준호

조용한 사직. 일에 열과 성을 다하지 않고 내가 부여받은 만큼만 일하겠다고 소극적 자세를 취하는 거야. 그 이상은 절대 하지 않는 거지. 받는 만큼만 일하는 노동 방식.

조용한 사직. 이 단어를 듣는 순간 멍해졌다.

이준호

진짜 멋있지 누나. 조용한 사직. 나 자신을 망치면서까지 일하는 게 무슨 소용이야. 이승협 팀장 맨날 하는 말이 조직 생활을 하려면 자존감을 버려야 된다고 하는데, 그 말 자체가 비인간적이야. 날 소모품으로 보는 거나 다름없어. 난 사람이지, 부속품이 아니라고.

항상 이 조직에 맞아들어가지 않는 내 모양 때문에 자책했는데, 쉽사리 깎이지 않는 모난 돌이라고 힘들어했는데, 근데 우리는 깎여야 하는 모난 돌이 아니었다. 제각기 다른 모양의 사람일 뿐이었는데.

이준호

> 나 진짜 출근하자마자 숨도 안 쉬고 두 시간 빡일 했으니까 오늘은 좀 쉬어도 돼. 난 1인분만 할 거야. 누나도 그렇게 해.

"1인분만 해."

그거 우리 엄마가 맨날 하는 말인데, 이 조직에서 막내를 맡고 있는 준호와 환갑을 넘은 엄마가 동시에 1인분만 하라고 내게 말한다. 약간 인지 부조화가 오려고 하는데 톤은 다르지만 결은 같다. 자식을 지키려는 부모의 과잉보호. 자존감을 지키려는 젊은이의 자기보호.

이서기

> 하, 그런데…

그다음 날을 쓰려는데 사4만 넝해신다. 방금 받은 민원전화를 견뎌야 하는 감정노동으로만 여겼던 내 모습. 18분 10초, 11초, 12초…. 머릿속으로 주판알 퉁겨가면서 성실하게 죽이고 있던 이곳에서의 내 시간들. 나도 이미 조용하게 사직을 하고 있었던 거다. 그렇다면 도대체 언제부터지?

내가 처음 실수했을 때? 팀원들이랑 사이가 조금 서먹해졌을 때? 팀장님한테 혼났을 때? 아니, 그것도 아니면 점점 매너리즘에 빠져서 눈동자가 공허해졌을 때?

좀 더 완벽하게 할 수 있었지만 그냥 눈을 질끈 감고 덮어버렸을 때? 그래서 일을 하나씩 미루기 시작했을 때? 지금처럼 이 자리에 앉아 망상하는 시간이 많아졌을 때? 내가 이렇게 해도 이 조직은 잘 굴러간다는 것을 처음 알게 되었을 때? 아, 다 아니면… 입직하자마자 난 조용히 사직을 했었나?

거슬러 거슬러 올라가다가 이 직장에서의 내 시작점까지 왔는데, 그럼 난 지금 어떤 감정일까. 반성인가, 후회인가, 아니면 환경에 대한 적개심일까.

이서기　(이럴 수밖에 없었잖아. 월급도 적고, 업무도 안 맞고, 사람도 별로고, 세상이 날 이렇게 만든 거잖아)

애써 활을 바깥으로 겨누는데 그럴수록 힘이 빠지고 결국엔 나 자신을 겨냥하는 활. 활이 뽀족한 혓바닥으로 나에게 말한다.

활　　처음부터 끝까지 다 네 선택이었어.

이렇게 말하며 활시위에 내 손을 얹어준다.

활　　너 스스로 작은 알로 기어들어 간 거야. 그 알을 깨
　　　　봐, 이젠.

비겁하게 아무도 모르게 혼자 사직하고 내가 만든 작은 알에서
살고 있었는데, 이젠 그 안락함을 깨보라고 한다.
다른 누구도 아니고 나 자신이.

이준호(33세, 공무원)

세상이 계속 2인분, 3인분을 요구하는데 돈은 0.5인분만 줘요.

그래서 나도 1인분만 하겠다, 너희도 나한테 1인분만 주지 않느냐.

 **S#7. 조용한 해고**

서기   조용한 해고? 아빠, 요즘은 조용한 사직이 유행이야.

아빠   왜 따라온다고, 출근은 왜 안 하고.

오랜만에 친정에서 잠을 자는데 도무지 잠이 오지 않았다. 새벽 3시면 언제나 기계처럼 일어나 부스럭대는 아빠. 얕은 잠에 들었다 아빠의 출근 준비 소리에 잠이 다 깨서 그냥 아빠의 새벽 출근길을 따라 나왔다.

서기   그냥… 며칠 연가 냈어.

아빠   정말로 좋은 직장이야….

서기   그렇게 좋지도 않아….

아빠   우리 때는 휴가가 어딨어. 있어도 쓸 수가 없었는데. 아니, 근데 공 서방은 어쩌고. 잠은 집에서 자야지. 아침도 먹여 보내야지.

서기   현우는 아침 회사에서 먹잖아.

아빠   정말로 좋다니까. 밥도 삼시 세끼 딱딱 주는 회사가 어딨어.

서기   식대는 내겠지.

아빠   돈이 문제야? 새벽같이 나와서 밥해주는 여사님들한테 고마운 것이지. (나를 째려본다) 마누라도 못 해주는 것을.

서기   아빠, 근데 지금 새벽 4시도 안 됐어. 이 시간에 뭔 버스가 다녀.

새벽 3시 40분 버스정류장.

아빠는 평생 버스 첫차를 타고 출퇴근하셨다. 내가 삼수하던 시절 한심하게 청춘을 죽이면서 이불 속에서 시시콜콜한 가십거리를 보면서 현실을 잊고 있을 때도, 아빠는 항상 4시가 안 되는 시간에 세상으로 나섰다.

서기   버스 안 오잖아. 아빠, 시간 착각한 거 아니야?

아빠	어이구, 몇십 년을 이 시간에 나왔는데. 착각할 게 따로 있지.

아빠가 오래된 배낭에서 보온병을 꺼낸다. 내가 수능을 세 번이나 보고, 행정고시를 세 번이나 볼 때 항상 싸줬던 생강차. 주둥이를 딸깍 눌러서 뚜껑에 졸졸졸 따르는 아빠의 늙은 손.

아빠	아니, 왜 따라온다고. 염병, 잠이나 퍼질러 잘 것이지.

아빠는 언제나 말이랑 행동이 같이 가지 못한다. 입으로는 염병을 말하지만 평소보다 경쾌해 보이는 목소리. 항상 혼자 가던 길에 내가 있어서 좀 신나 보이는 표정으로. 그렇게 다 티가 난다.

아빠	마셔. 엊그제 니 엄마랑 약재시장 가서 좋은 넘으루만 딱딱 골라 사 온 거야.
서기	생강 까기도 힘든데 그만 좀 해. 누가 먹는다고. 마트 가면 만 원에 생강청 한 보따리 사.
아빠	그런 것들은 다 설탕 덩어리야. 중국산 생강 쬐끔 들어가고. 자, 한소끔 끓였다가 한 김 식혔어.

쪼록 마시는데 혀가 기억하는 익숙한 맛. 쓰지만 무해하고, 투

박하지만 깊은 아빠의 마음이다. 너무 뜨겁지는 않고 적당하게 따스한.

서기   아빠, 이거 보온병 좀 버려라. 너무 오래 쓰는 것도 안 좋아. 요즘 이것보다 좋은 게 진짜 많아.

그때, 도착한 버스. 칠흑처럼 어둡고 고요한 밤 같은 새벽인데 거짓말처럼 버스가 왔다.

아빠   아이고~ 안녕하셔요. 여어, 우리 딸내미, 공무원 딸내미. 결혼했어. 재작년에 여웠어[1]. 남편도 공무원이야. 아침 드셨어?

아빠는 버스 타자마자, 묻지도 않았는데 기사님에게 내 신상을 다 시원하게 까고서 작은 백설기를 하나 건넨다. 그리곤 출발하는 버스.

서기   이 시간에 출근하는 사람이 많네.
아빠   많지. 다들 너같이 세상 편하게 사는 줄 알아? 그래도 출근할 데가 있다는 게 감사한 일이야, 이 나이에.

---

1 전라도 사투리로 '결혼시켰다'라는 뜻

노원구 상계동 8146번 첫차.

상계동 새벽 3:50 출발.

강남역 새벽 5:28 도착.

강남역에 도착해봤자 5시 30분이 안 된다.

나는 4시에 뭐 했지…. 아니 5시엔…. 매일 7시 반까지 '5분 더, 5분 더' 하다가 개 같은 세상, 거지 같은 인생이라고 욕하며 일어나는 게 생활이었는데.

아빠	아이고, 오셨어요? 오늘은 얼굴 좋아 보이시네. (소곤대면서) 저짝은 저기 어디 교보빌딩 청소 여사님이고, 저짝은 어디 병원 밥해주는 여사님, 우리 사위 같은 사람들 아침 해주는 여사님.
서기	아니, 아침밥은 그렇다 치고 청소는 왜 이렇게 일찍 가.
아빠	8시쯤 되면 직원들 오니까, 그 안에 화장실까지 싹 청소해야 하니까 그러지. 빨리 가서 사람 없으면 일을 힘들지 않게 하거든.
서기	아빠, 원래도 이 시간에 출근했었나…?
아빠	원래는 첫차가 4시 50분인데, 이 버스가 생겼어. 첫차 운행은 버스 기사님들도 안 하려고 해서. 저기 기사님도 이미 정년퇴직 하셨는데 1년 계약직으로 일하는 거야. 저기 기사님 없으면은 이것이 다 안

굴러살 텐데, 참으로 감사한 일이지.

사실은 오늘 아빠에게 직장생활이 너무 힘들다고, 그만하고 싶
다고, 퇴사하고 싶다고, 이젠 못 버틸 것 같다고 말하려고 했는
데…. 나보다 빠르게 돌아가는 세상과 첫차를 수십 년 타오신
어른들의 무거운 세월 앞에서 자연스럽게 벙어리가 된다.
창밖을 보는데 새까맣던 새벽이 점점 어스름하게 밝아오고, 30
년 세월 동안 매일 아침 새벽빛을 보면서 출근했을 아빠를 생
각한다. 배낭을 꼭 껴안고 내 옆에 앉아 있는 이제는 너무 늙어
버린 아버지.

아빠　　근데… 직장 또 관두려고 하는 거야?

아빠의 목소리에서 걱정과 염려가 느껴진다. 아빠의 30년 세월
을 고스란히 녹여서 예쁘게 빚어 놓은 딸자식. 공무원이고, 나
이 삼십 넘기 전에 결혼도 했고, 살 집도 있고, 탈 차도 있고, 어
딜 가나 아빠의 명함이 되는 내 타이틀. 내 입에서 나온 사직이
라는 단어에 아빠는 겁을 낸다.

서기　　아… 아니, 그런 거 아니야.

조용한 사직이든 시끄러운 사직이든, 아직도 매일 새벽 출근하는 아빠에게 일말의 염려도 끼치고 싶지 않다.

서기	그냥 내 주변에 그런 사람이 많다고, 내가 아니라. 난 잘 다니잖아.
아빠	그래, 어제 뉴스 보니까. 그런 말 나오더라. 사오정, 오륙도.
서기	그게 뭔데.
아빠	사십오 살이 정년, 오십육 살까지 직장 다니면 도둑.
서기	오, 좋은 카피네. 용케 잘 외웠네? 맨날 잘 까먹으면서.
아빠	그걸 어떻게 못 외워. 나 때도 다 있었던 일인데.

아빠는 55살 즈음 25년이나 넘게 다닌 회사에서 일방적으로 보직 해임을 당했다. 말 그대로 조용한 해고였다.

회사는 아빠에게 차가운 얼굴로 두 가지 선택지를 줬다. 위로금을 받고 명예퇴직을 하거나, 임금피크제를 수용하고 계약직으로 현장 일을 하거나. 어느 쪽이든 아버지에겐 잔인했다.

아버지가 평생을 헌신한 조직은 이젠 닳고 쇠해진 부품은 가차 없이 뽑아버렸다. 이미 소모될 대로 소모된 소모품은 더는 필요하지 않다고 했다.

서기	그냥 그때 병예퇴직하지. 위로금도 공짜로 받고….
아빠	말이 명예퇴직이지… 불명예퇴직이지 그것이….

하긴 생각해 보면 그렇지. 명예로운 퇴직이라면 위로금이 따를 필요가 없는데. 아빠는 고민도 없이 두 번째 선택지를 골랐다. 아직도 독립 못 한 철없는 딸자식 때문이었다.

회사는 그런 아빠에게 눈을 흘겼다. 그렇게 꾸역꾸역 회사의 손가락질을 견디면서 아빠는 부쩍 술을 많이 마셨다. 엄마에게 화를 많이 내고 싸움이 잦아졌다. 허리는 굽어가고 머리가 희어졌다. 무릎과 어깨가 많이 닳았다.

회사는 아빠라는 소모품을 끝까지 소모하기 위해 끊임없이 채찍질했다. 눈치 없이 안 나갈 거면 더 열심히 돌아가라고. 그렇게 늙은 아빠는 젊을 때보다 더 가혹하게 갈리고 갈렸다.

서기	그때 내가 좀만 취직 빨리했어도 아빠가 그렇게 일 안 해도 됐었는데…. 그냥 나왔어도 됐었을 건데 그때는 왜 그랬을까. 왜 열심히 안 살았을까.

평범함에도 자격이 있다. 난 누군가의 희생으로 평범함을 누리고 살아왔다. 내가 얻게 된 이 자격의 무게는 고스란히 아빠가 짊어졌다.

아빠 됐어, 나는 너네만 잘살아주면 돼. 너랑 니 오빠랑 지금처럼 각자 일 잘하고, 각자 식구 꾸려서 아기도 낳고 오손도손하니. 요즘처럼 행복한 때가 없어, 정말로.

난 아빠의 행복에 돌을 던지고 싶지 않다.

서기 이따가 몇 시에 퇴근해?

아빠 집 가면 5시쯤 되지.

서기 그럼 이따 맛있는 거 먹자, 아빠. 소주도 한잔하고 오랜만에.

아빠 어이구 웬일로, 이제야 알아들었네. 나 죽으면 제사 상에는 소주 한 병, 맥주 한 병, 막걸리 한 병이면 된 다고 그랬지?

서기 알겠어, 가. 이따 봐요.

나 혼자 돌아가는 버스. 나도 모르게 눈물이 주룩주룩 난다. 매일 5시면 이른 저녁을 먹으면서 소주 한 병을 전부 마시는 아빠가 정말 싫었는데, 아버지는 매일매일 내일의 힘까지 끌어다 썼던 거구나. 소모되는 고통을 잠시나마 잊으려고 술을 마셨던 거구나.

술에 취해 9시 반이면 곯아떨어지는 아빠가 정말 한심해 보였는데. 매일 아침 책임져야 하는 식솔을 어깨에 업고서 세상만큼 빠르게 달려야 하는 아빠는 얼마나 피곤했을까. 아빠가 평생을 지고 살았던 삶의 무게와 그 밀도 있는 성실함이 도저히 가늠이 안 된다.

이건 아무래도 평생 잊으면 안 되는 기분일 것 같아서 눈물을 닦고 메모장에 적으려는데…. 그 무게를, 밀도를 전부 담기에는 이 종이가 너무나 작다.

S#8. 예순둘, 잉여 인간이 되기엔 아직 젊어

이서기 고 과장님, 잘 지내셨어요?

고병수 그래, 이 주무관은 안 본 사이 말랐네. 여자가 좀 통
통해야지.

이서기 네….

과장님이 내가 건넨 카누 커피를 한 모금 마신다. 작년에 정년
퇴임식을 성대하게 마치고 퇴직하신 고 과장님이다. 신규 공무
원 시절 가장 어렵고 무서웠던 과장님. 모두가 그의 결재를 받
기 위해 과장실 앞에서 줄을 섰다. 그의 최종 허락이 없으면 어
떤 일도 진행할 수 없었다.

과장님의 기분에 따라 사무실 분위기가 결정되고, 인수인계서의 가장 상단에 쓰인 내용은 다름 아닌 과장님의 습관, 생활 루틴 파악에 관련된 내용이었다.

그가 어떤 신문을 제일 먼저 읽는지, 어떤 기업의 봉지 커피를 좋아하는지, 자주 가는 식당 리스트는 물론이고, 몇 시 몇 분 몇 초에 엘리베이터를 타고 양치질을 하러 가는지까지, 그의 모든 것이 직원들의 관심 사항이었다. 아니, 업무의 일환이었다.

그런 그가 작년에 모두의 박수를 받으면서 정년퇴직하셨다. 그야말로 박수칠 때 떠나는 뒷모습이었다. 그런데 지금 내게 서류를 건네는 과장님의 거칠어진 손.

[아동 지킴이 보조 인력 지원서]

이서기 아… 이거.
고병수 아직 접수 기간 안 끝났지?
이서기 네….

항상 깔끔한 와이셔츠에 단정한 구두, 좀 오래됐지만 중후한 가죽 손목시계를 차고서 잘 다려진 손수건을 한 손에 꼭 쥐고 다니셨던 과장님. 지금은 낡은 패딩에 운동화. 시계는 온데간데없고 지원서 여분을 꾸깃꾸깃 손에 쥐고 있다.

고병수 　서류 부족한 부분 없지?

나를 보는 과장님의 눈빛에서 구직에 대한 갈망이 느껴진다. 잉여 인간이 되고 싶지 않다는 간절함. 아, 이건 5년 전 공무원 시험을 처음 보던 때의 내 눈빛과 절대 다르지 않다. 과장님은 마지막 송별회 때 내게 물으셨다.

고병수 　나 아직은 젊어 보이지 않아?
이서기 　네, 과장님. 너무 정정하시고 아직도 청년 같으세요.

그저 입에 발린 말을 하려던 건 아니었다. 30년 직장을 전부 두고 얼른 빨리 떠나달라고 박수치는 젊은 직원들 앞에서, 난 사실 더 일하고 싶다는 미련을 슬며시 내비친 것 같아서. 아니, 세상에 나를 너무 일찍 버리지 말라고, 아직 난 쓸만하다고 애원하는 눈빛 같아서. 고 과장님이 듣고 싶은 말을 진심을 담아 해드렸다. 진심이 담긴 거짓말은 어쩌면 진실보다 진짜 같기도 해.

이서기 　부족한 부분 있으면 제가 따로 연락드릴게요, 과장님.
고병수 　그래, 고마워. 잘 부탁해. 이 주무관이 타 주는 커피 정말 오랜만이네.
이서기 　네, 과장님 꼭 카누라떼 무설탕만 드셨잖아요.

고명수　십에 혼자 있으니까 이제 이런 건 먹지도 못해.
그… 이 팀장은 잘 지내지?

이승협 팀장, 고 과장님의 모든 의전을 도맡아 했다. 고 과장님
의 첫째 따님이 결혼할 때도, 고 과장님의 장인이 돌아가셨을
때도, 고 과장의 필수품이 된 것처럼 언제나 동행하고 본인의
일처럼 기뻐하고 슬퍼했다.

고 과장은 자신의 오른팔인 이승협 팀장을 보란 듯이 인사팀장
자리에 앉혔다. 그동안의 충성에 보답이라도 하듯 그가 은퇴하
기 전 마지막으로 결재한 발령이었다.

이승협 팀장은 언제나 보호자에게 과도하게 애착을 가지는 강아
지처럼 보였다. 하지만 이 팀장의 분리 불안은 고 과장의 은퇴식
을 기점으로 완벽하게 치료됐다. 유통기한이 분명한 충성이었다.

이서기　아… 네. 이 팀장님 오늘 외근 가셨어요. 미리 연락
하고 오신 건 아니시죠…?

고병수　뭐… 바쁘겠지…. (둘러보며) 근데 동기들 안 보이네.
꽤 있었잖아.

이서기　아, 거의 다 육아휴직….

고병수　나이 서른 넘어서 왜 임신을 안 해. 해야지, 이 주무
관도. 엄한 남자 집안 대 끊어 놓으려고 그래? 대를

이어야지 대를! 애 안 낳을 거면은 결혼은 뭣 하러 해 놨어.

이서기 네, 최선을 다하겠습니다….

고병수 우리 막내딸도 나이 서른인데 아직도 결혼 안 해서 걱정이야. 지금 저기 관악구청에서 사회복지사야. 내가 요즘 할 일이 없어서 데려다주고 데려오고 하는데, 남자를 안 만나. 아주 미쳐버려. 나 직장 다닐 때 여웠으면 젤로 좋았는데. (사진을 보여주며) 우리 딸이야.

이서기 와, 너무 미인이시다.

고병수 이게 나를 안 닮고 제 엄마 빼박이야. 그래서 성질이 좀 지랄 맞아.

이제서야 잠깐 비치는 과장님의 행복한 표정. 과장님한테서 자꾸만 아빠가 보인다. 내 결혼식에 모두가 웃으며 박수칠 때 혼자 눈물 흘리면서 울상으로 앉아 있던 아버지. 난 아빠의 눈물이 의아했다. 결혼식이 끝나고 두고두고 아빠에게 눈물의 이유를 물었는데 아빠는 그때마다 말을 돌렸다.

아빠는 그날 왜 그렇게 울었던 걸까. 이제는 품 안의 자식이 아니라 아쉬워서였을까. 평생 짊어져 온 짐을 이제야 덜어서 후련해서였을까. 아니면, 처음엔 후련할 줄 알았는데 허전해서였을까.

언제 오느냐고, 이번 주에 오느냐고, 이번 주 안 되면 다음 주에
오느냐고, 매일 문자를 보내는 아빠를 생각하면 이제야 알 것
같기도 하다.

> **이서기** 그래도 매일 보실 수 있잖아요, 따님.
>
> **고병수** 뭘 매일 봐. 그만 보고 싶어 이젠.

말과 행동이 다른 것도 우리 아빠와 똑같다. 과장님이란 옷을
벗은 맨몸의 과장님은 나의 아버지와 똑 닮았다.

> **이서기** 근데… 요즘 세상에 결혼 꼭 안 해도 되죠, 뭐.
>
> **고병수** 이 주무관은 했잖아! 자기는 좋은 거 다 해놓구. ㅎㅎ
>
> **이서기** 아, 하하… 그런가….
>
> 요즘은 뭐 하고 지내셔요…?

은퇴한 상사에게 뭐 하고 지내냐는 근황을 묻는 게 너무나 어
색하다. 그리고 조심스럽다.

> **고병수** 나, 저기 저기… 농사지어.

그러고 보니 과장님의 거칠어진 손과 까매진 피부가 은퇴 이후

의 삶이 어땠는지를 대신 말해 준다.

고병수 아버지가 혼자 하시기에는 이제 나이도 있고 벅차
니까. 아주 등골이 휘어. 또 관두지는 않는다고 하시
니까 말릴 수도 없고…. 폭폭해[1].

아버지뻘인 과장님의 입에서 아버지라는 말이 나오는 게 이상
하다.

이서기 아버지요…? 과장님의 아버지요?
고병수 응, 우리 아버지. 왜?
이서기 연세가 어떻게…
고병수 울 아버지, 이제 아흔 다 되셨지.

30살 막내딸의 62살 아버지의 90살 아버지. 은퇴하신 과장님
은 아직도 위아래로 부양할 가족을 주렁주렁 달고 계신다.

이서기 소매에 뭐 묻었어요, 과장님.
고병수 아, 이거 도배풀이야. 나 요즘 도배학원 다녀. 학원
갔다가 바로 온 거라 차림이 좀 그렇지?

---

1 전라도 사투리로 '몹시 상하거나 불끈불끈 화가 치미는 듯하다'라는 뜻

이서기	도배요?
고병수	그건 내가 할 수 있겠더라고. 인생이 긴데, 나 아직 젊잖아.

나 아직 젊지 않냐던 과장님의 물음은 불쌍해 보이는 자신의 처지에 대한 감상적인 한탄이 아니었다. 지극히 현실적인 애원이었다.

"아니야, 끊지 마. 아직은 끊지 마. 난 가족이 있어…. 나 아직 젊어. 일할 수 있어, 계약직이라도 괜찮아. 시켜만 주면 다 할 수 있어…. 최선을 다 할 수 있어…."

현실은 너무 빡빡해서 감정이 들어갈 여유가 없다. 여기에 감정이 들어 있다면 그건 간절함이다. 감성에 빠지기엔 당장 눈앞에 닥친 현실이 너무 시급하고 매서웠을 것이다. 현실 앞에서는 30년 근속이라는 체면 같은 건 휴지 조각이나 다름없었겠지.

이서기	과장님, 식사하셨어요? 저랑 식사라도…. 요 앞에 닭칼국수 좋아하셨잖아요.
고병수	아니야, 아니야. 나 깨 털러 가 봐야 해. 아유, 백수가 이래서 과로사한다니까?
이서기	아, 네네….
고병수	아, 저기 근데… (소근) 혹시 몇 명 지원했나? 하하,

이런 거 물어보면 안 되지?

이서기　아… 과장님 되실 거예요. 걱정하지 마세요.

과장님이 다시 한번 내 손을 잡고 쩔쩔맨다.

고병수　그래, 이 주무관… 잘 부탁해. 꼭 연락 줘, 응?

이서기　네, 조심히 들어가세요.

쓸쓸한 고 과장님의 뒷모습을 멍하니 본다. 툴툴대면서 들어오는 이승협 팀장님. 눈치를 보고 있다가 팀장님의 자리로 가 고 과장의 서류를 건넨다.

이서기　팀장님, 아까 고 과장님 다녀가셨습니다. 아동 지킴이 인력 지원하셨습니다.

이승협　(인상 쓰며) 오늘 접수 마감 아니었어?

이서기　네, 그래서 급하게 서류 주고 가셨어요.

이승협　총 몇 명 지원했지?

이서기　아, 10명 선발에 12명 지원이요.

이승협　그럼 고 과장 드롭해.

이서기　예…? 왜요?

이승협　아이, 정말 짜증 나네. 불편해서 어떻게 일 시키나!

아니, 하고많은 기관 중에 왜 굳이 여기에 지원해? 그 사업을 여기서만 하는 것도 아닌데. 의도가 너무 빤하잖아.

이서기   아니에요…. 그런 의도는 아니신 것 같았어요.

이승협   그렇담 더 문제야. 노인네가 눈치가 없어도 너무 없는 거지! 여러 사람 불편하게 하고 싶은 거야?

이서기   그래도….

이승협   호칭부터 문제야. 오면 뭐라고 부를 건데. 이젠 과장도 아닌데 고 과장님, 고 과장님 할 거야? 하여튼 생각이 없어, 생각이.

고 과장님의 지원서를 내팽개치는 이 팀장.

이승협   파쇄해.

현실이라는 파쇄기 앞에서 무자비하게 갈리는 고 과장님의 간절함. 어느새 발 없는 말을 듣고 온 모 주사가 고 과장님의 비참함을 염탐한다.

모 주사   고 과장, 이력서 내고 갔다며? 불쌍하다, 불쌍해.

나도 모르게 욱하고는.

이서기   뭐가 불쌍해요? 멋있는 거죠. 이렇게 한다는 것 자
        체가.
모 주사 아니, 그런 게 아니라…

쌩하고 돌아서는데 나 자신에게 환멸이 난다. 이건 분명히 위선
이다. 나도 사실 고 과장님이 불쌍하다. 고 과장님의 미련이 너
무 불쌍하다. 갑자기 아빠 목소리가 듣고 싶어 사람이 잘 안 오
는 화장실로 가서 문을 걸어 잠그고 전화를 건다.

서기   뭐 해?
아빠   일하지.
서기   집 언제 가?
아빠   5시에 가지. 왜, 올라구? 집에 암것도 없을 텐데….
서기   안 가.
아빠   왜 안 와? 너 안 올 거면 공 서방이라도 보내. 부쩍
      말랐더라.

아빠 목소리를 듣는데 갑자기 눈물이 왈칵한다.

| 서기 | 내가 자식이지, 공 서방이 자식이야? |
| 아빠 | 사위도 자식이지. |

이젠 아빠한테 말하고 싶다. 아빠가 예전엔 미웠었다고. 나한테 거는 기대가 너무 부담이었다고, 어렸을 적 나한테 했던 말들 때문에 오랫동안 서운하고 아팠었다고.

| 서기 | (눈물을 훔친다) 사위가 무슨 자식이야, 내가 자식이지. |
| 아빠 | 너 좋아하는 삼겹살 사다 놨어, 와. |

그런데 이제는 아빠가 불쌍하다고. 왜 그렇게 죽도록 성실하게 살 수밖에 없었는지, 혹시 그게 나 때문이었던 건지, 그랬던 거라면 미안하다고, 더 잘하지 못해서 미안하다고.

서기	알겠어, 술 사 가?
아빠	어이구, 내가 이제사 호강하네! 호강해.
서기	끊어, 이따 봐.
아빠	그래.

오늘도 전하지 못한 진심. 내 손에는 도저히 파쇄하지 못한 아버지의 간절함이 들려 있다. 자리로 와서 고 과장님의 서류를

서랍 속에 고이 넣어 놓는다. 아빠를 향한 내 진심도 같이 넣어
놓고 꽁꽁 걸어 잠근다.

S#9. 도망친 곳에 천국은 없다

"도망친 곳에 천국이 없더라고."

재이 언니가 이승협 팀장과 똑같은 말을 하고 있다.
"도망친 곳에 천국은 없다"라고.

>   **이서기**   아니, 어떻게 지낸 거야 그동안. 관두고 나선 연락도
>   잘 안 받고.
>   **현재이**   원래 자리로 돌아가는 데 시간이 좀 걸렸어.
>   **이서기**   연기하는 건 좀 할 만해?

현재이   응, 도파민 폭발하지! 근데 나도 공무원 물이 들어
　　　　서 예전 폼이 안 나와.

이서기   에이, 그래도 언니 오래 했었잖아. 금방 감 잡을 거야.

현재이   오래 하긴 했지. 극단 생활을 거의 3년 했나. 그것
　　　　도 처음엔 운이 좋았어. 돈은 하나도 못 벌지만 너
　　　　무 행복하더라고. 그래서 난 그게 내 길인 줄 알았
　　　　지. 좋아하는 일 하면서 평범하게 살고 싶었는데 평
　　　　범함에도 자격이 있더라.

자격을 말하는 언니의 표정에서 쓸쓸함이 묻어난다. 씁쓸함이
아니라 쓸쓸함이다. 가래침 한 번 퉤 뱉고 말면 그만인 기분이
아니라, 평범한 사람들 사이에서 혼자 동떨어진 것처럼 살아온
아주 오래된 쓸쓸함.

현재이   우리 집이 그렇게 잘사는 집은 아니었는데, 그래도
　　　　엄마는 내가 하고 싶다는 건 다 할 수 있게 해 주셨
　　　　어. 어릴 때는 철 없어서 그게 다 당연한 건 줄로만
　　　　알았거든. 다들 그게 기본값인 줄 알고 사니까. 내가
　　　　살아오면서 만나온 내 친구들, 동기들, 동료들 전부
　　　　가 그렇게 하고 싶은 거 다 해가면서 살잖아.
　　　　근데 엄마가 갑자기 편찮아지면서 알게 됐지. 평범

한 오리들 사이에서 난 미운 오리 새끼였구나. 엄마의 희생으로 억지로 이 틈에 껴서 꾸역꾸역 평범한 오리인 척 살아왔던 거구나.

1년 전, 언니의 하나뿐인 가족이던 어머니가 돌아가셨다. 그 소식을 들은 동기들은 장례식장이 멀다는 이유로 다들 문상을 가지 못하고 손쉽게 카톡으로 그럴듯한 봉투를 보냈다.
연수원에 있던 2주간 룸메이트였던 우리는 매일 밤 깊은 대화를 나눴다. 언니는 책임감이 강하고 따뜻한 사람이었다. 언니는 말했다. 어머니를 위해서라도 반드시 어머니가 그토록 원하는 공무원이 되고 동기들보다 승진도 빨리 해야 한다고.
그래야 지금 앓고 계신 지병도 좀 호전되지 않겠냐고. 그렇게 말하는 언니는 강해 보였다. 지킬 것이 있는 사람들은 강하다. 아니, 강해져야만 한다.
그런데 언니는 자신이 온몸으로 지키던 것을 하루아침에 잃었다. 더는 지킬 것이 없어진 언니가 나는 걱정이 됐다. 그래서 난 주말 아침 일찍 검은색 옷을 어설프게 차려입고 현금을 꾸깃꾸깃 뽑아, 혼자 지하철을 타고 고속버스를 타고 또 택시를 타고 언니가 있는 장례식장에 갔다. 빈소를 지키고 있는 언니의 모습은 수척했다.
언니는 오랫동안 홀어머니와 단출하게 살아왔던 터라 손님이 별로 없었다. 빈소가 너무나 휑했다. 영정사진 속 언니의 어머니는 언니를 많이 닮았다. 나는 고속버스 안에서 검색한 장례식장 예절과 순서대로 헌화를 하고 분향을 하고 절을 했다. 그리고 언니에게 묵례하고 언니 손을 잡았다. 언니의 입은 웃고 있지만, 눈은 울고 있었다. 나는 또 아무 말도 못 했는데 언니가 먼저 말을 했다.

현재이　와 줘서 고마워. 밥 먹자.

손님이 아무도 없는 휑한 장례식장에서 언니와 나는 단둘이 마주 앉아 육개장을 먹었다. 언니에게 괜찮냐는 말을 하려다가 나의 엄마를 떠올렸다. 나의 엄마가 영정사진에 걸려 있고 상복을 입고 있는 나를 상상했다. 갑자기 먹고 있던 밥이 목에 콱 막히면서 눈물이 왈칵 났다.
언니에게 괜찮냐는 말을 하고 형식적인 위로를 하는 것은 너무나 주제넘은 일임을 깨달았다. 말로는 감당할 수 없는 무게의 슬픔. 엄마를 잃은 자식에겐 어떤 말도 위로가 될 수 없다. 하나뿐인 가족을 잃은 사람에게는 더욱 그렇다. 언니가 휴지를 뽑아 주면서 빨간 눈을 하고 웃으며 내게 말했다.

현재이　뭐야 얘, 나 대신 울어 주네.

이시기   이, 아니야. 미안해 언니.

돌아가신 언니의 어머니 때문이 아니라 나의 엄마를 떠올리고
눈물을 흘렸다는 것을 언니에게 말할 수 없었다.

현재이   뭐야, 뭐가 미안해. 밥 먹어. 나도 너가 오니까 오늘
처음 밥 먹네.

우리는 같이 밥을 먹고 같이 울면서 웃었다.
잠시간 그때를 떠올리다가.

현재이   사실… 엄마 핑계 대고 도망친 거거든.
이서기   도망? 어디로?
현재이   연수원으로! 우리 처음 만났었던.

언니와 내 대화에 잠시 마가 뜬다.
생각에 잠긴 듯한 재이 언니의 얼굴.

현재이   3년 동안이나 있던 극단이 해체되고 여기저기 갈
곳 없나 알아보는데, 어느 날은 컴퓨터 앞에서 눈물
이 막 나는 거야. 밥 먹을 때도 눈물이 나고, 화장실

가도 눈물이 나고, 자려고 누워도 눈물이 나.

사실은 너무 잘 알았던 거야. 재능이 있는 줄 알고 시작했는데 그게 너무 애매한 재능이었다는 거. 성과는 없고, 그럴수록 확신은 바닥나고, 나이는 먹어 가고. 다들 결혼해서 집 사고 애 낳고 그렇게 저렇게 사는데, 나만 혼자 궤도에서 벗어난 것 같았어. 주류에 끼기엔 너무 멀리 와버렸는데, 뒤돌아보니 내가 쫓았던 건… 처음부터 신기루였던 것처럼 희미해. 이미 안개처럼 희미해졌는데 계속 울면서 찾고 있는 거야. 눈앞은 계속 뿌예지고, 어디로 가는 건지 발은 안 보이고, 어딘가는 있겠지, 다시 나타나겠지…. 아무리 악착같이 뒤져봐도 없는데.

아무리 뒤져봐도 없는 것, 내 재능. 내가 세상에 태어난 이유. 그것 하나 찾기 위해서 내가 했던 애매한 방황들. 그 무의미한 시간들.

현재이 그때쯤인가. 엄마가 나한테 한 번도 그런 말 한 적 없는데, 밥 먹다가 조용히 말하는 거야. 그냥 공무원 하면서 평범하게 살면 안 되겠냐고, 그게 엄마 소원 이라고.

내가 되지도 않는 행정고시에 3년이나 독내년 때 엄마가 내 책
상에 조심스레 올려둔 쪽지가 생각났다.

딸, 힘들면 그만해도 돼. 엄마는 우리 딸 믿어. 사랑한다.
– 엄마가 –

현재이　그 말 들은 날 바로 짐 싸서 노량진으로 갔어. 그냥
　　　　엄마 말 한마디에 무작정 결정한 거야. 도망치기로.

아무리 페달을 밟아도 앞으로 가지 않는 자전거. 내가 그런 자
전거라는 걸 알았을 때 이제 그만 내려와도 된다고 손 내밀어
준 사람. 언니와 나에게 엄마는 그런 사람이었을 것이다.

현재이　엄마는 사실 도망쳐도 된다고 말한 거였나 봐. 힘들
　　　　면 도망쳐도 된다고. 다들 힘들면 입버릇처럼 말하
　　　　잖아. 아씨, 다 때려치우고 공무원 시험이나 볼까.
이서기　맞아, 맞아.
현재이　거의 다 들어보면 도망쳐 온 애들이야. 사연 없는
　　　　사람 하나도 없어. 처음부터 "나 9급 공무원 할게
　　　　요!" 하는 사람이 어딨어. 실패하고 실패하다가 본
　　　　선에는 가보지도 못하고 마지막 패자부활전에서 간

신히 살아남은 사람들. 그게 9급 공무원들 같아.

사무실에서의 숨 막히는 정치질을 떠올리며 나도 모르게 말한다.

이서기 그래, 맞아. 간신히 살아남긴 했는데… 도망친 곳에 천국은 없더라. 언니, 그럼 천국은 어딨어?

현재이 그건 각자 찾아볼 몫이지. 나한테 맞는 천국이 어디 있나 더듬더듬 찾아봐야지. 각자의 천국은 다 다른 것 같아. 적어도 똑같은 모양으로 살아야 하는 공무원이 나한테 천국은 아니었어. 오히려 지하 30층으로 꺼지는 기분.

공무원, 길이 정해져 있는 인생. 같은 컨베이어 벨트에서 똑같은 모양으로 가공되는 공정. 편안하고 안락하고 실패가 없는 길이지만 절대 성공도 없어야 하는 하향 평준화의 세상.

현재이 그냥 좀 더 잘 살고 싶어. 8년 버티면 7급, 20년 버티면 6급…. 그렇게 간당간당 버텨서 겨우 실패나 면하는 끄트머리 인생 말고, 앞에 서고 싶어. 힘들어도 가끔은 튀어 오를 수 있고, 순간은 웅크려도 좀 더 멀리 날아 볼 수도 있는 그런 인생으로.

그동안 한 빈도 본 적 없었던 언니의 후련한 표정. 9급 공무원이라는 안락한 감옥을 박차고 나온 언니의 얼굴에 쨍하고 생기가 돈다.

현재이   일단, 내가 도망쳐 왔던 그곳이 정말 신기루였는지 한 번만 더 확인해 보고 싶어. 인생은 길고, 젊음은 짧고, 청춘은 이제 막바지고, 이제 내가 공무원인 게 소원이라는 엄마도 없고.

이서기   정말 신기루면 어떻게 해? 또 아무것도 없으면….

현재이   그러면? 뭐… 다시 공무원 하면 되지! 나 이래 봬도 3등인데?

이서기   아, 보라 언니. 보라 언니는 잘 지내?

보라 언니의 소식을 묻자 재밌다는 표정을 짓는 재이 언니.

현재이   정보라? (웃는다) 정보라 걔는 사막에 혼자 떨어져도 살아남을 년이지. (핸드폰 들며) 연락 한번 해볼까?

S#10. 돈은 벌어도 시간은 못 번다

"돈은 벌어도 시간은 못 벌어"

정보라   돈은 벌어도 시간은 못 벌어.

이서기   (웃는다) 갑자기 무슨 소리야. 재이 언니는 오늘 오
디션 잡혀서 못 온대. 이번엔 느낌 좋대!

정보라   오, 굿! 붙으면 소고기 사라고 하자. 아니다, 내가 사
줘야지. 배고픈 중생들.

초대받아 온 보라 언니의 집. 내 신혼집과는 다르게 34평에 신
축이다. 냉장고도 문이 세 개씩이나 있고 세탁기 위에 건조기도

올라가 있는 내가 앙상 꿈꾸던 우아한 삽.

이서기   언니, 요즘 돈 좀 벌어?

정보라   벌지이?

이서기   얼마나?

정보라   120배쯤 더 벌어

이서기   헤엑, 진짜?

정보라   농담이고. ㅎㅎ 이전에 과외하던 어머니들 통해서 일 많이 들어 와. 곧 학원 개업할 것 같아.

이서기   와, 잘됐다 언니. 내가 떡 보내줄게. 울 엄마 떡 맛있어. (두리번거리며) 언니 집 진짜 좋다. (시무룩해지며) 나도 돈 벌고 싶다. 공무원 해서는 도저히….

정보라   (커피를 건네며) 거기는 말이야. 돈이 문제가 아니야.

이서기   그럼 뭐가 문젠데?

언니가 직접 구운 쿠키를 내게 건넨다. 고소한 말차 냄새.

정보라   돈은 뭘 해서라도 벌 수 있는 건데, 이미 지나간 시간은 다시는 못 벌잖아. 그것도 내가 가장 젊을 때의 시간. 우리 입직한 지 4년 됐나? 4년 꼬박 9시부터 6시까지 제일 밝고 쨍한 시간을 매일 버려가면서 얻은 게 단 하나도 없었어. 그리고 더 열받는 건, 이 망할 놈의 조직은 시간은 시간대로 버리는데 돈도 못 번다는 거야.

이서기 그래도 생계유지하려면 어쩔 수 없이…. (쭈굴)

정보라 뭐, 그래. 공무원이 진짜 생계유지하기엔 진짜 딱 좋은 직장이지. 공무원 급여체계가 진짜 노예근성 기르기에 딱 맞도록 촘촘하게 설계되어 있잖아. 이거 처음 설계한 사람 진짜 최소 사이코패스야.

이서기 그게 무슨 소리야. 우리 월급 최저시급도 안 되잖아.

정보라 아, 들어 봐. 공무원 조련방식. 딱 맞는 거야. 한국인이, 한국 사회에서, 생계유지랑 사람 구실까지만 하고 살게 하는 구조거든? 그 이상은 절대 허락 안 해.

이서기 사람 구실?

정보라 그래, 너 명절 휴가비 생각해 봐. 설날, 추석에 돈이 어마어마하게 깨지잖아. 양가에서 공무원이라고 하면은 빛 좋은 개살구라고, 딱 마이에 슬랙스 차려입고 어르신들 찾아뵙는데 또 빈손으로 갈 수 있어? 홍삼진액 좀 안겨 드리고 용돈도 좀 드리고 그래야지? 그리고 조카들 세뱃돈은? 체면 깎이게 절만 받을 순 없잖아.

이서기 그치…. (생각에 잠긴다)

징보라 냉설이 급여 날보다 빠르면 어떻게 돼. 나라에서 명절 휴가비 먼저 통장으로 쏘잖아. "공무원 너희 품위 유지해라! 딸내미 노릇, 며느리 노릇, 아주 제대로 해라. 명색이 공무원인데." 하면서.

또 공무원들이 얼마나 착해. 하고 많은 직업 중에 굳이 공무원이 왜 됐겠어. 어렸을 때부터 부모님 말씀 잘 듣고 엄마가 하라는 거 꼬박꼬박 말대꾸 없이 다 해서 자기 인생까지 부모님 소원 들어주기에 태운 애들이잖아. (자기를 가리키며) 그게 바로 나잖아?

그래서 명절 휴가비 받아서 가족들, 조카들, 친척들한테 딱 체면 차리고 나면 사람 구실 했다 싶은 거야. 그렇게 다 뿌리고 나면 내 손에 남는 건? 아무것도 없어.

아… 맞는 말이다. 하지만 부정하고 싶어. 나만 그렇게 사는 건 아니잖아. 사람들 모두 그렇게 저렇게 사는 거 아니야?

이서기 (발끈) 아, 그렇긴 한데. 그래도 명절 떡값은 사기업에서도 주잖아. 우리만 그런 건….

정보라 사기업? 그래. 사기업은 연말에 성과급 뿌리지? 근데 공무원은? 작년 성과 기준으로 그다음 해에 주는데, 그것도 참고 참았다가 5월에 준다? 근데 이것도 또 조련의 일종이야. 너 5월 가정의 달인 거 알지? 어린이날 어버이날 한꺼번에 몰려 있는 거 진짜 잔인하잖아.

그니까 몇백 돈을 5월에 주는 거야. 어버이날 효년, 효놈 노릇 좀 톡톡히 하고! 자식새끼들 있으면 부모 노릇 통 크게 하고! 부모님 안마 의자 사 드리고, 자식새끼들 게임기 하나씩 사주면 성과급 바로 공중분해. "공무원들 5월에 어깨에 뽕 좀 넣고 돈 좀 팍팍 쓰라마. 그래야 내수경기 좋아지지!" 이러는 거야. 그니까 한마디로 뿌리자마자 회수해 가는 구조.

이서기 시바…

정보라 (랩 시작한다) 그리고 정근수당. 1월, 7월에 나오지? 연차 높을수록 정근수당 빵빵하잖아. 그래서 관리자들은 1월에 계 탄다고. 명절 휴가비에 정근수당에 본봉까지. 1월 새해 댓바람부터 공무원이 최고라고 충성 인사 박고 일 년 시작하는 거야.

그리고 연차 낮은 공무원들 준 것도 없이 쪼아먹는 거지. 내리 갈굼이 급여체계에서 시작되는 거라고. 그리고 여름 되고 7월에 다들 휴가 가지? 정근 수당 챙겨줄 테니까 날도 더운데 여행 좀 갔다 와라.

나늘 가는데 공무원만 안 가면 없어 보이잖아. 슬슬 연말 다가온다, 갔다 와서 마감해야지. 꼴랑 몇십만 원짜리 마취총. 마취 풀리면 고통은 배가 되고.

이서기 그만… 아프다.

정보라 공무원이 딱 빛 좋은 개살군데, 잠깐 빛 좋게 만들어 주는 게 이렇게 적재적소에 배치된 수당이란 말이야. 그런데 본질은 뭐야? 결국 개살구라는 거지. 나이 들수록 빈껍데기만 남아서 점점 조직에 목매는 거고, 승진에 목매는 거고, 평판, 정치질에 머리 싸매는 거지. 그리고 그 정치질로 인사팀장까지 간 게 누구냐면 바로 이승협 팀장.

이승협 팀장의 그 가식적인 얼굴이 생각나면서 역겨운 입꼬리와 함께 떠오르는 단어.

이서기 (중얼) 야설…. 하, 언니. 이 팀장이 내가 책 냈다고 했더니 야설 아니내. 진짜 웃기지.

정보라 (포기했다는 듯) 그 사람 원래 그래. 태클 안 거는 척하면서 사사건건 태클 걸어. 이해해 주는 척하면서 이해 전혀 못 하고, 들어주는 척하면서 자기 말만 얘기해. 제일 역겨운 건 뭐냐면 입은 웃고 있으면서 눈동자는 경멸하는, 그 면상.

이승협 팀장이 침을 튀기며 정보라 욕을 하던 게 생각나서 잠깐 버퍼링이 걸린다. 하지만 아무리 썩은 생선이라도 나름대로 포장해 보고 싶은 마음에 쓰레기통을 뒤지고 뒤져 그나마 멀쩡해 보이는 걸 내놓는다.

이서기 언니, 그래도 이 팀장이 언니 생각해서 구민수 계장님 우리 팀으로 보내 줬….

정보라 (말 끊고) 내가 제일 열 받는 게 그거야.

이서기 어? 왜.

정보라 난 구민수 계장님이랑 사이가 나빴던 적도, 좋았던 적도 없어.

이서기 어…? 근데 이미 모든 사람이 구민수 계장님이 언니랑 사이가 안 좋아서 언니 면직하고, 구 계장 별관으로 내쫓긴 거로 알고 있는데…?

정보라 (한숨) 이승협 팀장이 한 명씩 잡아다가 그렇게 소문을 내고 다니는 거야. 평소 아무런 친분도 없던 사람들까지 괜히 건수 만들어서 미팅하자 회의하자 염병하면서.

내가 김주싱 팀상님께 겸직에 관해 보고를 드렸을 때 뜬금없이 이승협 팀장에게 전화가 왔던 게 생각난다.

"이서기 주무관, 겸직에 관해서는 저랑 회의를 해야 해요. 오늘 점심 식사 같이할까요?"

정보라 그렇게 스토리를 꾸며야 구민수 계장님도 내보내고, 내가 면직한 것도 간편하게 설명이 되니까.

이서기 (이해가 안 됨) 언니는 그렇다 치고, 구민수 계장님을 근데 왜 내보내?

정보라 야, 구민수 계장님이 팀장들 다면평가 할 때 이승협 팀장한테만 1점 줬대. 대박이지. 지가 꼴 보기 싫으니까 별관으로 내쫓을 구실 만든 건데, 그 구실이 바로 나야. 그 조직에서 이미 죽은 사람, 죽은 사람은 말이 없다. 그래서 이용하기 좋고.

이서기 헐… 어? 근데 다면평가 익명 아니야? 그게 구민수 계장님이 한 건지 어떻게 알아.

정보라 이승협 팀장이 일일이 한 명씩 불러서 술 사 먹이면서 누군지 캐고 다녔더라고. 야, 솔직히 말이 좋아 익명이지, 맘만 먹으면 누가 몇 점 줬는지 다 캐볼 수 있겠더라. 구민수 계장님도 12년 차면 솔직히 다 들킬 거 뻔히 알면서도 꿋꿋이 1점 줬더라. 하여간 좀 싹수가 없어도 제일 강골이긴 하다니까?

순간, 사무실에서 본 구민수 계장님의 차가운 얼굴과 냉소적인 말투가 떠오른다.

정보라 앞뒤가 다르지라도 말든가. 아주 회식 자리마다 도마에 날 올려놓고 회 치니까, 내가 거기서 남아나겠어?

이서기 언니, 알고 있었어? 난 언니가 상처받을까 봐, 말 안 하려고 했는데.

정보라 더 소름 끼치는 거 말해 줘?

이서기 뭐?

정보라 그거 다 내 귀에 들어가라고 일부러 그러는 거야. 대놓고 앞에서 털면 자기 평판 쓰레기 되니까. 너 불러다가 내 얘기했지? 그 인간 너랑 나랑 친한 거 다 알아. 내가 백번 말했어. 이서기가 제일 친한 동기라고.

순간 이승협 팀장의 순진한 가면이 머릿속을 스친다.
"그래? 정보라랑 아는 사이야?"
소시오패스다.

이서기	근데 도대체 왜 그러는 거야? 도서히 이해가 안 가.
정보라	편먹기 하는 데엔 뒷담화만 한 게 없으니까.
이서기	나이가 몇 갠데 편먹기야.
정보라	조직 내 정치질만큼 조직에 집중하게 만드는 게 없지.
이서기	언니, 천재야?
정보라	내가 천재면 애초에 거길 들어갔겠니?

나를 보는 언니의 얼굴에 4년간의 시행착오가 주름살로 새겨져 있다. 언니를 연수원에서 처음 만났을 때, 각자 파릇파릇한 색깔과 향기로 만났던 그때, 나사들의 개성을 표백하는 공정의 시작점, 공무원을 찍어내는 컨베이어 벨트에서 멋도 모르고 설레는 표정으로 앉아 있던 우리 둘.

이서기	언니, 우리 신규 연수 때 기억나?
정보라	나지.
이서기	언니, 그때 진짜 웃겼는데. 머리는 투 톤에 이상한 멜빵바지 입고 왔잖아. 재이 언니랑 셋이 찍은 사진 있어, 보여 줘?

보라 언니가 내 얼굴을 지그시 본다.

이서기   (머쓱하게 얼굴을 만지며) 왜 봐, 뭐 묻었어?

정보라   아니.

이서기   뭐야.

정보라   공무원 다 됐네, 이서기.

무색무취의 얼굴 없는 인간. 지금 내 색깔은 밝지도 어둡지도 않은 회색. 가장 시대착오적인 색깔이다. 핏기 없는 입술로 언니에게 말하는 내 속마음.

이서기   (언니, 난 사실 매일 너덜너덜해지고 시들어가는 기분이야. 이렇게 서서히 삶아지다가 쥐도 새도 모르게 불구가 되겠지?)

뱃속에서 나온 진심을 언니가 준 커피를 꼴깍 넘기며 다시 집어넣는다. 더부룩하다.

정보라   왜, 속 안 좋아? 소화제 하나 줘?

4년 묵은 체증, 이게 싸악 내려가려면 옛말처럼 6년을 채워서 10년이 되어야 할까. 그래야 10년 묵은 체증이 내려갈 수 있을지.

이서기   아니야, 괜찮아. 그냥 원래 맨날 이래.

정보리 시무실 사림들은 괜찮아? 원래 일이 문제가 아니라 사람이 문제잖아.

이서기 (언니, 난 일도 문제고 사람도 문제야)

그때, 보라 언니가 내 얼굴을 빤히 본다.

정보라 야, 내가 애들 엄마랑 애들 하루에 수십 번 면담하다 보니까 관상 좀 볼 줄 아는데, 너는….

이서기 왜, 무서워 언니.

정보라 넌 얼굴에 고집이 있어. 고집부리면서 살아야 편하게 살 거 같아. (계속 본다) 꺾는다고 쉽게 꺾이진 않을 것 같은데.

이서기 무슨 소리야.

정보라 그렇다구. 야, 나 학원 확장하면 너가 와서 애들 글자 좀 봐 줄래? 너 쫌 하잖아.

이서기 내가? 나 대학도 삼수에 행정고시도 삼수했는데 뭘 잘해.

정보라 그러니까 잘하지. 실패하지 않는 법을 가르치는 거야.

이서기 놀리지 마.

정보라 크크, 학원 구경 가볼래? 나간 김에 밥도 먹자.

언니의 회색빛 눈동자가 점점 예뻤던 갈색으로 물든다. 찰리 채플린의 컨베이어 벨트에서는 절대 허용되지 않는 신비로운 색깔로.

S#11. 6수 해서 겨우 9급 공무원 된 거야?

"6수 해서 겨우 9급 공무원 된 거야?"

이서기   아… 그건 아니고요. 대학이 삼수고, 행정고시가 삼
        수고, 9급 공무원은….

조동이   어머 그러면 다 합치면 6수야…? 6수…. 입에 붙지
        도 않는다, 야.

오늘은 진짜 혼자 조용히 정리하고 싶은데 확성기가 서류 파쇄
기를 손수 끄며 대화를 시도한다.

이서기 하, 그게 아니라니까요….

조동이 (딴소리) 김주성 팀장님도 작은딸이 이번에 재수한다고 하던데, 맞아? 너 저번에 따로 얘기했을 거 아니야.

이서기 흠… 네, 그런 것 같은데….

아차차, 실수다.

조동이 어머 어머, 맞네 맞아!! 그랬네. 너도 6수 해서 겨우 들어왔으니까 널 보면 팀장님이 얼마나 마음이 쓰이실 거야. 그랬네, 그랬어! 왜 김주성 팀장님이 너만 그렇게 싸고돌았는지 이제야 이해가 된다.

듣고 싶은 대로만 듣고 싶어 하는 사람에겐 정확한 사실관계는 의미가 없다. 소귀에 경을 읽어봤자 자장가일 뿐이고, 깨달음을 얻은 소대가리가 불안해서 한마디만 한다.

이서기 김주성 팀장님 얘기는 하지 마시고요. 제 얘기도 제발.

이미 다 말할 걸 알고 있다. 그래도 팀장님에 대한 예의상 던지는 공수표.

조동이 야, 안 해. 할 사람도 없이. 나 안 그래노 미옥 언니랑 김혜련 계장 붙어먹는 꼴 보기 싫어서라도 다다음 달에 근무지 옮길 거야.

이서기 (그 얘기만 이미 2년째 하고 계세요)

조동이 그나저나 요즘 현지 쟤 너무 재수 없지 않니? 말투가 진짜 너무 거슬려. 대답을 "네"라고 안 하고 "으흠? 으흠?" 이러는데, 아유 염병 지가 뭐 재미교포야 뭐야. 걔 영어과라고 했나?

그리고 아침마다 제 커피만 쏙 사 들고 오잖아 재수 없게. 사 올 거면 팀원들 거 다 사 와야지. 제 주둥이만 주둥이야 뭐야. 그래서 오늘은 내가 어디서 사 왔냐고 물어봤더니, 뭐 남자친구가 데려다주면서 테이크아웃했다고 하는데.

야, (소근) 분명히 어제 집에 안 들어간 거야. 그치? 옷도 어제 입고 온 거랑 똑같아. 어디 저기 모텔에서 둘이 자고 아침에 남자친군지, 기생오라빈지 하는 게 데려다준 것 같더라고. 요즘 엠제트들은 그렇게 부끄러움도 모르고 막… 그러니? 아휴, 그러다 애라도 들어서면.

이서기 이제 결혼하신다는대요, 뭐. (엠제트 아니고 엠지!)

조동이 얘, 아무리 그래도 호적을 안 합쳤는데 몸부터 그렇게 합치면 돼? 저급하다 저급해.

이서기 (주무관님 말이 더 저급해요)

조동이 하여간 맘에 안 든다니까? 요즘 미옥 언니가 오냐 오냐해주니깐 아주 기어오르는데. 현지가 너보다 2년 후배 맞지. 나이도 세 살이나 어리고. 너한테도 같지도 않게 훈수 두더구먼. 참나, 자기가 뭘 안다고. 너 기분 안 나빠?

이서기 그냥 뭐, 별로요.

조동이 기분 안 나쁘다고? 너 기분 나빠야 해. 지금 너 잡아먹으려고 하극상질 하는 거잖아. 지가 너보다 얼굴도 이쁘고! 나이도 어리고! 몸매도 좋고! 영어도 잘하고! 일도 빠릿빠릿하니 잘하는데!

이서기 (하, 그만)

조동이 김주성 팀장이 너만 그렇게 싸고도니까 질투가 나는 거지. 그렇게 순진하게 굴면 너 순식간에 그 여우한테 잡아먹혀. 내가 도와줄게. 걔가 너한테 와서 또 염병하면 바로 욕해버려. 참지 말고, 응?

이서기 뭘 또 그렇게까지 염병한 적은….

조동이 아이참, 내가 이건 진짜 말 안 하려고 했는데.

평소보다 몇 배는 더 근질근질해 보이는 그녀의 주둥이. 빌드업이 오늘따라 너무 촘촘한데 저 입에서 얼마나 대단한 똥이 나올지 벌써부터 두렵다.

> **조동이** 현지 걔가 너 얼마나 무시하는지 알아? 정말 진심으로 자기가 한 달만 배우면 너보다 잘할 것 같다고, 왜 그렇게 헤매는지 이해가 안 간다고 그러더라. 너 같은 공무원 때문에 공무원들 능력 없다고 단체로 욕먹는 거라면서.

대충 눈치는 채고 있었다. 후배의 진심 같은 건 굳이 마주치고 싶지 않아서 피했던 건데, 확성기가 직접 그 똥을 내 눈으로 확인시켜 준다.
'똥을 더러워서 피하지 무서워서 피하나?'라는 물음의 답.
똥은 똥이니까 피한다.

> **조동이** 그리고 또 뭐라더라. 자기가 저 지경까지 갔으면 그냥 알아서 관두겠다나. 일이 그렇게까지 손에 안 붙으면 '난 이게 적성에 안 맞는구나' 하고 다른 사람한테 기회를 주겠다는 거야.

후배의 똥을 손수 집어 내게 대신 던져주는 확성기. 똥을 맞은 나도 엉망진창인데 확성기 자신도 똥 범벅이다.

똥을 잡은 손, 똥을 말하는 입, 전부 더럽혀졌는데 이렇게 해서 당신이 얻는 게 도대체 뭐지?

　조동이　근데 그게 또 틀린 말은 아니야. 걔가 또 맞는 말을
　　　　　꼬박꼬박 잘하긴 해. 엠제트세대라서 그런가?

참고 참다가 처음으로 선배로서 따끔하게 한마디한다.

　이서기　(눈물 콧물) 저도… 못하고 싶어서 못하는 건 아니에
　　　　　요…. 그리고 내내 못하진 않았어요. 잘한 적도 있
　　　　　었다고요, 엉엉. (눈물이 왈칵)

　조동이　아유, 알지. 진짜 얼마나 힘들어. 위에서 치여, 후배
　　　　　한테 잡아먹혀. 살 수가 있겠어? 어휴 진짜, 다들 해
　　　　　도 너무 한다!

확성기는 기다렸다는 듯이 주머니에서 휴지를 꺼낸다.

　조동이　(내 등을 쓸며) 그래서 내가 너 이렇게 살뜰하게 챙기
　　　　　잖아. 그래도 한 사람은 비빌 구석이 있어야 너도
　　　　　버티고 다니지. 6수까지 해서 들어온 직장인데, 안

그래? 힘든 거 있으면 나 나한테 털어놔, 응? 아유, 그만 울고. 내가 너만 생각하면 진짜 마음이 너무 안 좋아.

내 눈물로 자위를 마친 내 동료는 그제야 확성기를 끄고 자리에서 일어난다. 똥을 뒤집어쓰고 주저앉아 울고 있는 나를 보는 그녀. 그녀의 눈동자에 가득 차오른 쾌락.

조동이 내가 말했다고는 말하지 말고, 혼자만 알고 있어. 그리고 현지 저 기지배는 걱정하지도 마. 기어오르면 내가 대신 혼꾸녕을 내줄 거니까, 응? (주머니에서 손거울을 꺼내 건네며) 얼굴 좀 체크하고 좀 진정되면 들어와. 내가 김혜련 계장한테는 잘 말해 놓을 테니까, 응? 힘내! 이서기!

확성기가 사라지고 고요해진 창고. 거울 속에는 이미 너덜너덜해진 내가 있다. 이곳에 더는 아무도 없는 걸 확인하고 나서야 터져 나오는 속마음. 집에서 아무도 모르게 수백 번 연습했던 말들.

이서기 왜 나한테 와서 그런 말 하세요?

눈물을 닦고 이면지를 한 움큼 손에 쥐어서 일어난다. 우두커니 파쇄기 앞에 서서 쓸모없는 이면지를 구겨 넣는다.

이서기 나한테 오지 마세요. 제발 다가오지 마세요. 주무관 님이 제일 싫어요. 저는 하나도 알고 싶지 않아요. 누가 나를 싫어하는지, 좋아하는지, 신경 쓰고 싶지 않다고요. 내가 그렇게 만만해요? 그런 욕을 듣고 도 혼자만 알고 있어야 해요? 알면서도 숨 참고 삼 키고 있어야 해요? 주무관님이 계속 칼로 찔러도 찍소리도 내지 말고 그렇게 가만히 웃고 있어야 해 요? 내가 그렇게 만만해요? 내가 그렇게 만만하냐 고, 어?

파쇄기 소리에 같이 갈리는 내 말소리. 수도 없이 출력했지만 사용할 수는 없는 말들을 울면서 파쇄한다. 가루가 돼서 아무도 들을 수 없도록, 이면지가 전부 씹혀 들어가고 나서야 STOP 버 튼을 누른다.

이서기 하, 나도 여기서 STOP. 퇴사하고 싶다, 진짜.

S#12. 니가 노력한 것만 욕심 내

이서기 왜 이렇게 술을 많이 마셨어?

공현우 이번에도 승진이 안 됐어….

남편의 축 처진 어깨에 절망과 실망이 주렁주렁 달려 있다. 이
번에는 정말 될 줄 알았는데…. 나는 현우의 약한 모습을 보기
가 싫다. 내가 기대는 나무가 흔들리는 게 너무 불안하다.
너는 항상 강하게 서 있어야지. 나는 흔들려도 너는 흔들리지
말아야지. 남편의 어깨에 얹어져 있는 일방적인 당위들. 기울어
진 저울처럼 남편에게만 쏠린 삶의 무게. 이 불공평함을 다 알
면서도 난 배려를 안 한다. 오히려 말이 더 세게 나간다.

이서기 승진 중요해? 안 해도 되잖아. 문제 있어?

공현우 하… 내가 왜 안 됐는지 이해가 안 돼.

이서기 세상이 너가 원하는 대로 흘러가면 그게 세상이야?

하, 이건 내가 이승협 팀장에게서 들었던 말인데…. 밖에서 가져온 비수를 내가 가장 아끼는 사람에게 꽂는다.

공현우 그만두고 싶어….

무너지는 현우. 내 큰 나무가 내 눈앞에서 무너져 내린다. 쓰러질 것 같은 내 나무를 보면서 나는 초조해진다. 이게 무너지면 난 어떻게 살지? 안 되는데, 안 되는데. 약해진 나무 걱정을 하는 게 아니라 그동안 나무 밑에서 아늑했던 나를 걱정한다.

이서기 그게 무슨 소리야? 그만둔다니?

남편의 눈에 눈물이 그렁그렁하다. 밖에서 얻어맞고 온 자식한테 화가 나는 것처럼 갑자기 화가 불쑥 올라온다.

이서기 너가 그만두면 나는 어떻게 하라고? 왜 그렇게 책임감이 없어! 나 혼자 벌어서 어떻게 생활비는 감당하니! 그게 지금 나한테 할 소리야? 그럼 너가 조금 더 잘했어야지. 못했으면 기대를 하지 말던가. 하나만 해, 하나만!

날카로운 비수를 계속 던지면서도 내가 제일 잘 알고 있다. 내 말이 지금 남편에게 얼마나 가혹할지, 얼마나 아프고 속상할지. 근데 내 나무가 얼마나 튼튼한지 증명이라도 하고 싶은 것인지 계속 도끼질을 한다. 내 도끼질에 남편이 휘청이다가 급하게 중심을 잡는다. 지금 남편은 외발로 서 있다. 너무나 위태롭다.

공현우　　미안해, 그냥 한번 해본 말이야.

더는 흘러내리는 남편을 보고 있을 자신이 없어서 일단 자리에서 일어난다. 물을 끓이고 컵라면을 뜯는다. 커피포트가 점점 달아오르고 요란한 소리를 낸다. 나보다 뜨거워진 주전자를 보면서 감정을 식힌다.

이서기　　먹어. 그리고 승진 안 해도 돼.
공현우　　하고 싶었어.
이서기　　그런 거 안 해도 충분해. 내가 있잖아. 내가 열심히 할게.

컵라면을 저으면서 그제야 우는 남편.

이서기 내가 글도 열심히 쓰고 직장도 열심히 다니고 그럴
거니까. 그러고 있지 마, 제발.

분명히 자기보다 열심히 하라는 말이 아니었을 건데, 그냥 자신
에 대한 실망이었을 뿐인 건데, 가장 가까운 사람을 위로하는
법은 잘 모르겠어서 또 내 얘기만 해댄다.

이서기 그래, 그냥 울어. 울어버리고 털어. 상관없잖아. 먹
고사는 데 지장 없고. 누구랑 마셨어?
공현우 과장님. 승진 못 시켜주고 가서 미안하대.
이서기 병 주고 약 주나. 됐다 그래. 다 개소리야. 마지막까
지 술 먹이고. 술도 잘 못 하는데.

남편의 머리를 쓰다듬는다. 아직도 솜털이 보송보송한 얼굴. 조
용한 서로의 손길에 위로를 받는 우리 둘. 요란한 말은 딱히 필
요 없는 사이. 우리는 20대 초반 아주 어렸을 때 만나 서로에게
기대며 자랐다.
아무것도 없었고, 아무것도 아니었을 때 서로를 알아봤다. 시
도하고 좌절하고, 일어났다 넘어지고, 그때마다 서로를 일으켰

다. 빚어지기 전의 아무렇게나 생긴 지점토 모양으로 만나서 우리는 서로를 빚어냈다. 그렇게 마디가 굵어지고 어느 정도 키가 자랐을 때쯤 우리는 우리의 인연을 결혼이란 제도로써 인정하기로 했다.

하지만 결혼은 사랑의 과정은 아니었다. 오히려 검증의 과정이었다. 지극히 현실적이고, 계산적이고, 돈 앞에서 좀 짜치기도 하고, 이게 맞는 걸까 의심하기도 하고, 서로에게 실망하기도 하고, 그러다 다시 안아주기를 반복하면서 서로를 검증했다.

그 과정을 지나오면서 우리는 또 키가 자랐다. 그래서 난 알 수 있다. 지금 이 순간이 남편의 마디가 굵어지는 순간이라는 걸 말이다.

이서기　주말에 소라 남편이랑 농구 할래? 너도 농구 좀 하나? 축구는 잘하잖아.

농구 소리에 눈빛이 반짝이는 남편.

공현우　나 농구 졸라 잘하지!

공놀이라면 무조건 좋아하는 남편의 얼굴에서 22살 까까머리로 소개팅에 나왔던 앳된 얼굴이 보인다.

이서기 아ㅋㅋ 알았어. 근데 소라 남편도 잘한대. 대학교 대
표였대. 할 수 있겠어?

공현우 난 농구공을 항상 머리맡에 두고 자던 사람이야! 비
오는 날도 눈 오는 날도 항상 농구 했어.

울다 말아서 코가 빨개진 채로 신이 나 이야기를 하는 남편.

이서기 근데, 그건 옛날 말 아니야?

공현우 참 내, 내 말 못 믿어?

갑자기 일어나 뛰면서 슛 쏘는 시늉을 하는 초딩.

공현우 공현우 농구 폼 미쳤다.

같이 웃는 우리. 다시 앉아서 컵라면을 허겁지겁 먹는 현우. 감
정적 허기를 허겁지겁 채우는 것 같아 마음이 짠하다.

이서기 천천히 좀 먹어, 김치 줘?

공현우 아니, 다 먹었어. (우물대면서) 나 근데 운동 진짜 잘
했다니까? 운동으로 나한테 멜 사람이 없었다고.
너 탑동 공원 알지? 저번에 갔었잖아. 제주도에서

농구 제일 잘하는 사람만 모여서 주말마디 ~~농구~~ 하
는데 내가 다 발랐어.

이서기 근데 지금 할 수 있겠어? 너 어깨 수술했잖아.

공현우 그때만큼은 안 되겠지…. (시무룩)

이서기 아니야, 그래도 본체는 어디 안 갔으니까.

공현우 아, 그때 생각해 보면, 그때 내 모습 정말 찬란했었
는데. 지금 생각해 보면 꿈같은 시간이야. 전생 같기
도 해.

위에서 내려다보는 어렸을 적 우리의 모습. 어렸을 때는 항상
위만 봤었는데 그때 너무 갖고 싶었던 걸 다 갖게 된 지금, 우리
는 오히려 아무것도 가지지 않았던 때를 그리워한다.

공현우 휴직계 알아봤어?

이서기 음… 어.

공현우 넌 일단 휴직하고, 하고 싶은 거 해 봐. 정 안되면 퇴
사 생각해 보고.

생각해 보면 내가 공무원이 된 건 전적으로 현우의 작품이었다.
현우는 3학년 때 갑자기 학교를 휴학하고 신림동으로 들어갔
다. 그리곤 내게 아주 갑작스러운 통보를 해왔다.

"나 공면 시험 준비한다. ㅋ"

나는 속으로 '어쭈? 그래 어디 한번 해 봐라. ㅋ' 하고 큰 기대를 안 했는데, 현우는 평소 공부보단 운동을 좋아하는 녀석이었기 때문이었다.

그렇지만 현우는 신림동에 들어간 지 1년이 채 안 되어 합격을 해버렸고, 대학도 졸업하지 않은 채로 직장인이 되었다. 그러는 사이 나는 4학년이 되었고, 첫 번째 고시에서 보기 좋게 떨어졌다. 두 번째 고시도 세 번째 고시도….

그리고 간간이 준비하던 취업도 모두 다, 백 번을 넣으면 백 번을 떨어졌다. 고시를 준비하던 때 나는 노량진 학원에 다녔는데, 밤늦게까지 수업이 있을 때마다 현우는 중고로 산 작은 모닝을 끌고 나를 데리러 왔다.

그러다 세 번째 시험 직전 어느 날엔가, 좌절감과 중압감에 못 이겨서 학원 계단 구석탱이 어딘가에 처박혀 하라는 공부는 안 하고 질질 짜고 있었는데, 여느 때처럼 날 데리러 온 현우는 그런 나를 보고서는 아무 말도 안 했다.

"울지 마. 힘내."와 같은 텅텅 빈 위로 같은 건 건네지도 않았다. 그냥 말없이 잠시간 날 보다 일으켜 축 처진 나를 질질 끌고 노량진 학원 옆 사육신공원으로 올라갔다.

현우에게 뒷덜미를 잡혀서는 공원 오르막을 눈물 콧물 찔찔대며 헥헥대고 올라갔는데, 노량진 한복판 컵밥거리 맞은 편에 마술치럼 시울 야경이 흐드리졌다.

내 인생은 시궁창인데 서울 야경은 너무나 아름다웠다.

나도 누리고 싶었다.

저 야경의 아름다움을 누리고 싶었다.

어떻게 하면 난 행복할 수 있을까.

난 어디서부터 길을 잃은 것일까.

어디서부터 꼬여버린 것일까.

죽상을 하고 세상 끝난 것처럼 울고 있는 나를 남산타워가 제일 잘 보이는 자리에 세우고 현우는 말했다.

"외쳐. 정신 차리자! 정신 차리자!"

눈물만 또르르 흘렸는데, 현우는 미동도 없이 내게 다시 주문했다.

"열공하자! 열공하자! 복창!"

그렇게 현우는 내게, 너무 깊게 생각을 하면 안 되는 때에 생각을 하지 않는 법을 가르쳐 주었다. 지금 생각해 보면 너무 웃긴데 그땐 정말 진지했다. 나는 찐따처럼 눈물 콧물을 꿀꺽 삼켜서 먹어버리곤 외쳤다.

"정신 차리자! 정신 차리자!"

그렇게 열 번 복창하고 눈물 닦고 멍하게 63빌딩을 바라보는 내게 현우는 말했다.

"몸보다 마음이 바쁘면 안 돼. 마음은 잠깐 서 있으라고 해. 눈으로 손으로 몸으로 바삐 움직여. 마음보다 몸이 바빠지도록 해."

나는 그 말도 못 알아 듣고 빨개진 코를 킁킁대며 다시 물었다.

"그게 무슨 말이야? 못 알아듣겠어."

"게으름피우지 말라고."

"아."

"서기야."

"응."

"니가 노력한 것만 욕심내."

노력 없이 빨리 얻고 싶어 하는 조급한 마음 때문에 흐르는 눈물. 현우는 그걸 닦아줬다. 내 조급함을 닦아줬다. 현우의 응원 때문에, 마음보다 바삐 움직인 몸 때문에 갖게 된 공무원이라는 감투. 현우가 이제 그걸 놓아보라고 한다. 이번에는 자기도 눈물 자국을 닦으면서 말이다.

이서기   (눈물 닦아준다) 근데 너도 힘들잖아. 나 혼자 쉬고, 하고 싶은 거 하는 게 좀 그래.

공현우   난 잘하는 게 없잖아. 이젠 잘할 수도 없고.

부서진 어깨를 만지작 하는 남편. 부서진 젊었을 적 꿈을 만진다. 남편은 어깨 수술 후로 평생 꿈이던 수영을 접고 직장인이 되었다.

이시기 그래도 좀 버텨보는 게 낫지 않을까. 존버가 답 아닌가 싶어.

공현우 버티는 것만이 정답은 아니야. 아직 넌 욕심이 있잖아. 뭔가 더 잘 해낼 수 있을 것 같다는.

이서기 욕심 있지. 더 많이 쓰고 싶고, 잘 썼다고 인정받고 싶고.

공현우 그럼 제대로 해 봐야지. 아직 제대로 안 해봤잖아. 할 거면 시간 들여서 제대로 노력해. 니가 노력한 것만 욕심내.

이서기 그래도 좀 자신 없는데.

공현우 넌 잘해. 잘하는 것 같아.

나보다 나를 더 잘 아는 반려 인간.

그가 나에 대한 객관적인 평가를 한다.

아니, 객관적인 척하는 아주 주관적인 응원.

이서기 그래서 농구 할 거야?

공현우 근데… 농구 다시 하려면 농구화도 새로 사야 하고, 아대도 사야 하고, 농구복도 사야 하고….

이서기 …자자.

공현우 그래, 내일 출근해야지. 아, 맞다. 너 내일 친구 만난

됐지? 우리 결혼 때 부케 받아준.

이서기 응, 민지. 소라도 올 거야.

공현우 맛있는 거 먹어. 맨날 떡볶이만 먹지 말구.

이서기 응.

# S#13. 권고사직 당하는 MZ세대

보글보글 끓는 떡볶이와 갈릭 소스가 잔뜩 뿌려진 감자튀김.

영혼의 음식을 먹으러 영혼의 단짝들을 만났다.

여느 때처럼 서로의 고민을 털어놓는다.

박민지   퇴사? (떡볶이를 휘저으며) 야, 구글도 만이천 명 자르는

마당인데 무슨 퇴사야. 너무 시류를 모르는 소린데.

이서기   내 동기들은 다 퇴사하고 싶다고 난린데.

박민지   (인상을 팍 쓰며 젓가락을 내려놓는다) 하, 공무원들 진

짜 다 나가라 그래.

이서기   뭐…?

박민지 너 옆자리 애 일까지 네가 다 하고, 너한테 월급 두 배 준다고 하면 일해, 안 해?

이서기 그럴 수 있는 업무량이 아니야.

박민지 야, 너 최근에 야근한 적 있어, 없어?

이서기 난 야근 안 해.

박민지 그럼 할 수 있는 거라고.

뭐지, 얘는…? 젊은 꼰댄가? 과장도 안 하는 말을 오랜만에 만난 고등학교 친구가 서슴없이 한다.

이서기 니가 해봤어? 할 수 없다니까? 왜 겪어보지도 않았으면서…. 그리고 시키지도 않은 일을 왜 해야 해?

박민지 원래 시키지 않는 일까지 다 해도 잘리는 게 세상이야. 나 이만큼 했어요. 이것도 하고, 저것도 하고, 내가 다 할게요. 절절맬수록 궁지에 몰리고, 애원하고 매달려도 밀 때 되면 밀어버리는 게 세상이라고. 넌 뭔 짓을 해도 안 잘리잖아.

이서기 그게 싫다고! 나도 안 잘리고, 쟤도 안 잘리고, 다 안 잘리고 이대로 고여서 사는 게 싫다고!

박민지 좀 가만히 있으라고! 고여 있으라고. 항상 흘러 흘러 사는 게 얼마나 피곤한 줄 알아? 맨날 월급 적다고 투덜투덜. 어차피 받은 만큼 일하는 구조 아니야? 다 알고 들어간 거 아니었어?

이서기   아니, 월급이 문제가 아니라고. 사람이 문제라니까? 정치질이 견디기 힘들다고. 다들 뒷담화 소곤소곤 하고 나한테 와서 전하고.

박민지   뒷담화 안 하는 사람 있어? 너도 하잖아. 앞담화 안 하는 게 어디야? 뒷담화하는 게 사람 대우 해주는 거야. 세상에 얼마나 사이코패스들이 많은 줄 알아? 눈앞에서 칼 꽂는 사람이 얼마나 많은 줄 알아?

이서기   정치질 없는 곳으로 가고 싶어. 그럴 수도 있는 거 아니야?

박민지   인생이 정치야! 원래 인간이 2명 이상 모이면 무조건 정치질 시작된다고. 너랑 남편 둘 중에 미묘하게 갑을관계 있어, 없어? 가족도! 가족관계도 정치야. 자식이 대가리 커서 부모님이랑 같이 못 사는 이유가 뭔데. 가족이 아름답기만 하면 영원히 같이 살면 되지. 잘된 형제, 못 된 형제 미묘하게 대우가 갈리고! 부모님도 깨물어서 좀 더 아픈 손가락 있으니까! 이 꼴 저 꼴 보고 살기 싫어서 집 나가는 거라고.

김소라   조용히 해라, 왜들 지랄이야. (손을 들며) 사장님, 여기 맥주요.

박민지 정치 없는 곳으로 가려면 다시 독서실로 들어가다. 너 6년간 처박혀서 귀 닫고 입 닫고 섬처럼 살았던 그때, 그때로 돌아가면 되겠네.

이서기 (괜히 소라를 보면서) 얘, 미친 거 같아.

박민지 약한 소리 좀 그만해. 어떻게든 버텨도 모자란 마당에 아직도 사춘기야? 니가 뭐 대단한 게 될 수 있다는 환상을 버려. 니가 뭐 어린 왕자야? 피터팬이냐고. 몸은 처늙는데 정신이 안 늙어, 왜?

이서기 뭐라고…?

박민지 차라리 애를 낳아라. 애 낳고 육아휴직하고 그럭저럭 살라고. 요즘 어느 직장에서 육아휴직 3년 보장해 줘? 진짜 열 받네.

이서기 선 넘네, 진짜.

김소라 그래, 민지야. 나가서 담배 한 대 피우고 와라.

민지가 한숨 쉬면서 담배와 라이터를 핸드백에서 꺼내서 나간다.

김소라 너가 좀 이해해.

이서기 하, 왜 저래. 나 애 낳으란 소리 시어머니한테도 안 들어봤어.

김소라 민지, 직장에서 권고사직 당했대.

이서기 뭐…? 왜?

민지는 계획적인 성격이었다. 학창 시절 시험공부를 할 때도 하루 24시간을 30분 단위, 48개로 쪼개서 하루를 이틀처럼 살았다. 그렇게 장학금 받고 대학에 가고, 교수님 추천서를 받아 대학원도 갔다.

민지가 한창 취업 준비를 할 때 그때야 난 늦은 신입생이었는데, 그때 난 나보다 너무 멀리 가 있는 민지의 뒷모습에 주눅이 들었다. 난 이제서야 출발선에 겨우 서 있는데, 취업이라는 결승선에 다다라 있는 민지에게 열등감이 심했다.

그러다 어느 해 크리스마스 이브에 항상 늦되던 나를 위해서 시시껄렁한 과거 이야기만 해야 하는 룰을 깨고 민지가 제일 먼저 미래에 대해 말했다.

"나 취직했어."

앞으로 다가올 미래에 두려움 반, 설렘 반으로 발그레한 민지의 얼굴. 난 그 얼굴에 대고 축하를 못 했다. 다들 너무 축하한다고, 너가 제일 먼저 될 줄 알았다고 손뼉 치고 좋아해 주고 있는데, 나는 친한 친구의 미래를 축하해 주지 못했다. 표정 관리가 안 됐다. 난 도대체 얼마나 뛰어야 민지가 있는 곳까지 갈 수 있는 건지…. 앞이 더 아득해져서 눈물이 났다.

나는 항상 과거에서 살고 있는데, 내가 원하던 미래에서 살아갈

민지가 부러웠다. 집에 돌아가는 길에 나 자신이 너무 싫어서 눈물이 나려고 하는데 민지가 내게 먼저 문자를 보냈다.

"서기야, 이해해. 나라도 그랬을 거야. 다음에 보자."

그 이후로 한참 동안 민지를 피했다.

아니, 내 불성실했던 과거에 대한 자책을 피했다.

자리로 돌아온 민지에게서 짙은 담배 냄새가 난다.

박민지   미안, 할 말 없다.

나는 그때처럼 또 아무 말도 못 한다. 축하도 못 했는데 위로도 못 한다.

이서기   담배는 언제부터 피우는 건데.
박민지   여기서 일하면서부터?
이서기   하, 난 몰랐어. 세상에서 나만 제일 힘든 줄 알았는데.
김소라   안 힘든 사람 없지, 티를 안 낼 뿐.

그래도 위로가 되고 싶어서 던지는 한마디.

이서기   인생이 잘린 건 아니잖아. 다시 시작하면 되지!

하, 민지에게 제대로 된 축하도 못 했는데 위로도 정말이지 형편없다.

김소라   근데, 왜 갑자기 그렇게 된 건데. 그냥 시원하게 말해.

박민지   아침에 업무하고 있는데 갑자기 대표가 미팅하자고 그러더라. 연봉협상인 줄 알고 좋아서 갔더니 권고사직이래. (어이없다는 듯 웃는다) 아주 웃으면서 칼 꽂더라.

이서기   그니까 이유가 뭔데, 이유를 알아야지.

박민지   요즘 경기 안 좋으니까. NFT랑 메타버스 거품 확 죽었잖아. 마케팅보다는 기술개발에 더 집중하겠다고.

김소라   아니, 근데 거품이 있는 게 본체야. 아니면 없는 게 본체야? 거품 없으면 맥주도 졸라 맛없잖아. 세상에 거품도 좀 있고 그래야지.

이서기   뭔 개소리야.

박민지   하여튼 팀 전체가 날아갔어. 근데 사실 이유 알아봤자 뭐해. 그냥 잘렸다는 사실이 중요한 거지. 하, 진짜 나도 마음 복잡하다. 인생이 계획대로 되는 게 하나 없어.

이서기   너 경력 많이 쌓였잖아. 이직하면 되지.

박민지   이직도 쉽지 않아. 경쟁률이 작년 대비해서 2~3배는 되는 것 같아. 삭년엔 한 20명 지원했을 회사가 지금은 100명 넘게 지원하고, 먹고살기가 녹록지 않다.

이서기 그럼 공무원은 어때? 경쟁률 많이 떨어졌다던데, 먹고는 살 수 있어.

박민지 그것도 티오(TO) 박살 났던데, 정보 업데이트 빨리 빨리 안 하냐 진짜. 누가 공무원 아니랄까 봐, 느려 터져 가지고.

이서기 그것도 다 절차가 있어. (쭈굴…)

김소라 티오 많아도 공무원은 안 할 거 아냐….

박민지 안 하지.

이서기 왜? 인간 대우는 해 줘, 최소한….

박민지 급여가 인간 대우를 안 해주잖아.

이서기 짜증 나네.

박민지 (진심으로 궁금하다는 듯) 야, 그럼 도대체 공무원이 됐으면 그 손익분기는 언제 넘을 수 있는 거야. 의사는 재수 안 했다고 가정했을 때 44살 정도가 되어야 들인 시간과 비용에 대한 손익분기가 넘는데. 너는 야… 삼수에, 행정고시 삼수에… 육수에다가… 도대체 손익분기점이 몇 살이니?

이서기 생각하고 싶지 않아.

박민지 (계속 놀린다) 정년 연장된다고 했을 때 70까지는 일

해야 겨우 넘지 않을까 싶은데? 20대 청춘 3년은 돈으로 환산하면 억만금 아니겠어?

김소라 그만해라. ㅋㅋ 울겠다. 아니 근데, 너희 정도면 중 견기업 아니야? 사람 관리 그렇게 해도 되나?

박민지 구글도 아마존도 만 명, 이만 명씩 다 자르는데, 우 리 회사라고 뭐 별것 있어. 그리고 우리가 사람 대 우받자고 취직한 건 아니니까.

이서기 사람 아니면 뭔데?

박민지 소모품이지.

이서기 슬프다. 그저 도구인가.

박민지 뭘 슬퍼. 대통령도 소모품이야, 임기 5년짜리. 세상 을 감상적으로 좀 대하지 말라니까?

김소라 아니야, 얘는 좀 이래야 해. 고통받아 그냥. 그래야 글 쓰지. 책이 다 감성팔이잖아.

박민지 그니까… 감성이 팔아서 돈이 되는 거였어? 니가 무에서 유를 창조하는구나.

김소라 어, 진심 창조경제. 크게 돼라 넌….

박민지 근데 왜 다음 책 안 나와. 빨리빨리 안 쓰냐. 세상이 이렇게 빨리 변하는데.

이서기 원래는 퇴사 얘기 쓰려고 했는데, 쓰면 안 될 거 같 기도 하고. 어렵다.

박민지   깊이 쓰면 뇌사. 나 같이 살린 애들도 있고, 너 같이 나가고 싶은 애들도 있고, 세상이 작용 아니면 반작용이지.

이서기   아… 이과 정말 좋네. 답이 아주 딱딱 나와.

김소라   민지야, 근데 너 애 책 읽어봤어?

박민지   아니, 도저히 안 읽히던데.

이서기   아씨….

박민지   근데 우리 엄마는 보면서 울더라. 울 엄마 갱년기잖아.

김소라   그래, 소설계의 임영웅이 돼 봐.

이서기   뭔 소리야, 난 언제나 MZ세대를 겨냥했어.

김소라   그렇담 조준 실패야.

박민지   맥주 더 시켜?

이서기   난 남았어. 나 아직 200 못 벌어서 맥주 남기면 안 돼.

박민지   와… 아직도야? 공무원은 절대 못 해.

김소라   짠 하자.

그렇게 탄생이 같은 소모품 3개가 서로를 위로한다.

모양은 다르지만, 재질은 같아서 깊게 이해할 수 있는 사이.

그때, 벽에 붙어 있는 MZ세대 포스터.

#MZ
#민지야 부탁해
#2030 민지들에 의한, 민지를 위한 정책!!
#젊음이라는 특권

이서기 (포스터 보며) 저거 봄? 너를 위한 정책이래, 민지야.

박민지 진짜 한숨 나온다. 사람 놀리는 것 같아. (어이없는 웃음을 짓는다)

김소라 (포스터를 보며 웃는다) 왜 ㅋㅋㅋㅋㅋ 참신한데 나름.

박민지 젊음이라는 특권? "젊음이라는 형벌"이란 말이 맞겠지. 젊음은 형벌이야. 견뎌내야 할 게 너무 많아. 젊다는 이유 하나만으로 짊어져야 할 게 너무 많아. 젊으니까 지치지도 말아야 하고, 젊으니까 항상 도전해야 하고, 젊으니까 조금 게을러서도 안 돼. 젊으니까 쉴 수도 없어. 젊어서 고생은 사서도 한대. 고생을 누가 사서까지 하냐.

김소라 맞아, 계속 협박해. 젊었을 때 쉬면 늙어서 후회한다. 조금의 공백도 있으면 안 된다. (가지고 왔던 아메리카노의 커피 스틱을 들어 보인다) 이 스틱 구멍, 이 구멍으로만 숨 쉬고 살라는 말 같아. 젊으니까 이 정도면 충분하다. 이러면서, 나머지는 늙어서 받을 거니까 유예해. 이러는데… 우리가 못 한 거, 참은 거 나중에 받을 수나 있을까?

이서기 후, 너무 숨 막혀. 젊음이 형벌이라면 형벌 중에서도 좁은 공간에 가두는 형벌 같달까. 옴짝달싹 못 하게 옥죄어오는 젊음이라는 프레임 안에서 폐쇄 공포증 걸리기 직전인 거지.

박민지 아… 담배 말린다.

이서기 야… 아무리 그래도 담배는 좀 끊어 봐.

박민지 꼰꼰 거리지 좀 마.

이서기 아님 전담으로라도 바꿔 보자.

박민지 연초 땡기는 시기야.

김소라 그래, 뭘 바꾸냐. 생긴 대로 살자.

이서기 그래… 생긴 대로 살자, 생긴 대로.

박민지 마음껏 자르라 해. 그냥 생긴 대로 살련다.

이서기 근데 오늘따라 맛있다, 떡볶이.

박민지 그러게.

S#14. 안정적인 곳에서 제일 불안정한 사람

김혜련

> 여기만큼 안정적인 직장이 어딨어?

조동이

> 아유, 그럼요. 여자가 살림하고 애 키우고
> 남편 내조하고 가정생활 하기에 이만한
> 직업이 어딨어요.

조동이

> 아, 나 다음 주 화요일에 소윤이 영어
> 유치원 면접 있어서 휴가 좀 쓸게요.

오미옥

어? 나도 그날 우리 애 졸업식이라….

김혜련

나는 저기… 친정 가려고 KTX 끊어 놨는데. 구민수 계장님은 다음 주 일주일 장기 재직 휴가 쓰셨고, 현지는?

오현지

아, 저는 다음 주 내내 신규 재택교육이요. 지난달에 이미 결재받았는데.

김혜련

아니 결재받은 건 알지, 내가 했는데. 근데 뭐 나와서 교육받는 신규들도 많던데.

오현지

이서기 주무관님 있지 않아요?

김혜련

아, 걔 불안한데.

오미옥

에혀, 몇 년 찬데 아직도…. 앉아서 일은 하는 건가? 딴짓하는 것 같아. 민원전화 받는 것도 진짜 답답해. 매뉴얼에 검색하면 바로 나오는 걸 세월아 네월아 네네네….

김혜련

아니, 현지 주무관, 화요일만 나와서 듣지? 이서기 혼자 두기는 불안하잖아. 민원처리 누가 해.

오현지

아니요, 저는 재택교육 듣고 싶어요. 이미 결재 다 난 사항이구요. 제가 이서기 주무관님께 잘 일러드리고 갈게요.

조동이

야! 누가 누굴 일러줘.

서기가 그래도 너보다 선밴데.

오미옥

선배 같지가 않으니까 그렇겠지.

조동이

언니도 너무 티 나게 그러지 좀 말고.

그러니까 쟤가 자꾸 더 주눅 드는 거 아니야.

오미옥

어머, 내가 뭘? 별꼴이네! 누가 보면 아주 잡아먹는 줄 알겠어. 나는 그냥 내 일만 열심히 하는 사람이에요. 자꾸 넘어오니까 그러는 거지. 아니, 자기 업무를 나한테 물어보는 게 말이 돼? 여기만큼 안정적인 곳에서도 혼자 저렇게 적응 못 하면 진짜 문제 있는 거 아니야?

김혜련

아니, 이서기 쟤 겸직허가를 받았대.

이승협 팀장이 밥 먹으면서 그러더라.

오미옥

아, 그 뭐 책 썼다는 거?

오현지

책이요? 이서기 주무관님이요?

무슨 책이요…?

김혜련

몰라, 무슨 부동산 소설 어쩌고 하던데.

그것도 하, 쫌 그래. 공무원이 무슨 부동산 투기야.

그리고 우리 기관에서 겸직허가 받은 사람 쟤밖

에 없어.

오미옥

너무 튄다. 튀어서 좋을 게 없는데.

김혜련

겸직 금지하는 이유가 분명히 있잖아.

업무를 좀 잘하면서 그런 거 하면 몰라.

업무는 계속 말리는데

허가 내주면 안 되는 거 아니야?

오미옥

이미 결재 났대요? 그건 아니죠! 월급만큼 일도 못 하는데 겸직은 무슨 겸직이에요. 자기만 돈 더 벌겠다는 소리 아니야! 인사팀장한테 계장님이 좀 말해 보면 안 돼요? 일 잘 못한다고, 겸직은 허가해 주지 말라고.

김혜련

아니야, 쟤 건들면 안 돼.

오미옥

왜요?

김혜련

아니, 이거 진짜 비밀인데. 김주성 팀장님이 나한테 조용히 와서 말하더라고. 이서기 정신과 다니면서 치료받고 있으니까 말이라도 한 번 더 붙여 주고 그러라고.

오현지

헐, 대박.

오미옥

진짜예요? 어머나, 이게 무슨 일이야. 아유, 진짜 손 많이 간다 많이 가. 우리 애보다도 신경 더 써야 하네.

김혜련

진단명 슬쩍 물어보니까 불안장애래.

조동이

어머, 웬일이야. 그래도 어떻게 결혼은 했다? 저래 가지고 어떻게 애 낳고 키우고 살아? 시댁에 무슨 민폐야.

김혜련

그냥 애초에 좀 부족한 애야.

조동이

시험은 잘 봤다고 그러던데.

오미옥

일머리는 없는 거지, 딱 보면 몰라요?

김혜련

그니까. 제도가 문제라니까.

국어, 수학, 사회 이런 거 시험과목 아녔어?

오현지

저 때부터는 바뀌었어요. 행정법 필수로.

오미옥

그니까. 쟤는 잘못 들어온 거야. 요즘 엠지들이 그런 거 같아. 어렸을 때부터 방구석에서 오냐오냐 문제집이나 풀고 나와서 무슨 일을 해. 그럼 차라리 다른 일 하는 게….

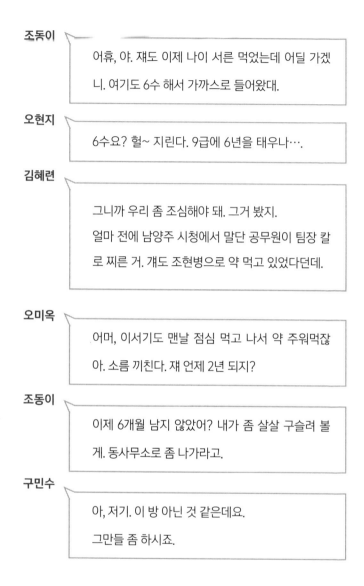

조동이
어휴, 야. 쟤도 이제 나이 서른 먹었는데 어딜 가겠니. 여기도 6수 해서 가까스로 들어왔대.

오현지
6수요? 헐~ 지린다. 9급에 6년을 태우나….

김혜련
그니까 우리 좀 조심해야 돼. 그거 봤지.
얼마 전에 남양주 시청에서 말단 공무원이 팀장 칼로 찌른 거. 걔도 조현병으로 약 먹고 있었다던데.

오미옥
어머, 이서기도 맨날 점심 먹고 나서 약 주워먹잖아. 소름 끼친다. 쟤 언제 2년 되지?

조동이
이제 6개월 남지 않았어? 내가 좀 살살 구슬려 볼게. 동사무소로 좀 나가라고.

구민수
아, 저기. 이 방 아닌 것 같은데요.
그만들 좀 하시죠.

화들짝 놀라며 용수철처럼 자리에서 뛰어오르는 확성기.

154

조동이

어머 어머, 어떻게 해….

언니 미쳤어?

빨리 나가, 일단 나가….

조동이님이 나가셨습니다…

오미옥님이 나가셨습니다…

오현지님이 나가셨습니다…

김혜련님이 나가셨습니다…

망나니들이 전부 퇴장하고 단두대에 덩그러니 놓여 있는 내 머리. 그동안 좀 깨지고 금이 가도 본드로 붙여가며 가까스로 버텨왔는데 오늘 완전히 산산조각이 난 내 가늘고 긴 조직 생활. 잘려 나간 몸통을 보고 있는 대가리가 무표정으로 한마디한다.

이서기   내가 도대체 뭘 그렇게 잘못했어?

흐르는 눈물을 닦고 자리에서 벌떡 일어난다. 다들 숨죽이고 고개를 모니터에 처박고 있다. 나만 자리에 우뚝 서서 얼음이 되어 있는데 이 모습이야말로 정말 정신병자 같다.

방향을 못 찾고 로딩 상태로 멈춰 있는 내비게이션. 주변이 빙

글뱅글 쇼₈ 돌이치면서 ᅱ에서 소리가 멀어진다. 미우나 고우나 그래도 내 세상인 줄 알았던 모래성이 철저하게 붕괴된다.

그때, 손가락을 딱 튕기며 절망 속으로 매몰되는 나를 황급하게 깨우는 구민수 계장.

구민수 이서기 주무관, 업무수첩 가지고 나오세요.
　　　　　나 좀 보죠.

S#15. 인생은 운칠기삼, 운이 70 의지가 30

"인생은 운칠기삼이에요."

구민수 운칠기삼 알아요?

이서기 하… 아뇨.

알아도 지금은 대답하고 싶지가 않다. 다짜고짜 불러내서 뭐 하
자는 건지. 진짜 혼자 있고 싶은데. 청 앞 벤치에 구민수 계장님
과 나란히 앉아 있다. 가까스로 울음을 참아내면서 그래도 대답
은 한다.

이서기 (울먹이며) 운이 70이고 노력이 30이다,

구민수 저도 그런 줄 알았는데, 제가 나이 50 넘어 보니까 노력이 아니더라고요. 운이 7이고 의지가 3이다.

이서기 아니에요, 의지만으로 되는 건 아무것도 없었어요.

구민수 (웃으며) 지나와 보면 알아요.

이서기 뭘….

구민수 노력은 너무 비싼 연료예요. 그걸 태워봤자 마음대로 굴러가지도 않는 게 인생이거든요. 그냥 가볍게 생각해요. 내 인생에 나 스스로 가지는 애정, 잘 해보고 싶은 의지. 그것만 있으면 인생이란 게 자기가 가진 운때에 따라서 어떻게든 흘러가는 거라고.

구민수 계장. 언제나 말 많은 아줌마들 사이에서 혼자 벽 세우고 입 다물고 있던 사람인데, 이 사람이 누군가에게 먼저 말을 건 적이 있었나? 그리고 이렇게 말을 술술 한다고?

구민수 음… 저는 나이 40 다 되어서 들어왔거든요, 여기.

이서기 9급으로요?

구민수 네, 그래서 벌써 12년 찬데. (서기를 보며) 많이 힘들죠? 이 정도면 양반이다, 좀 참아라. 이런 말은 하고 싶지 않아요. 근데 계속 참다 보면… 그렇게 되더

라고요. 다른 사람이 나를 하대하는 게 당연하게 되고, 결국엔 나도 나 자신을 그렇게 대하고 내 인생에 애정이 없어져요. 그냥 아무렇게나 살자, 아무렇게나 돼라. 그러다 '이 아무개'가 되거든요. 그렇게 얼굴 없는 인생 살다가 잘살고 싶은 작은 의지조차 남지 않으면 정말로 위험해지는 거예요.

이서기 (훌쩍대면서) 이 아무개.

그때, 구민수 계장이 종이를 내민다.

[직장 내 괴롭힘 방지법]

구민수 한번 읽어 봐요. 각자 몸은 각자가 지킬 수밖에 없어요.

이서기 아….

구민수 과하다 싶어요?

이서기 네, 좀… 이렇게까진….

구민수 지렁이도 밟으면 꿈틀한다. 하, 근데 꿈틀해봤자거든요? 이미 밟혀서 내장 다 쏟아져 나왔는데 꿈틀해서 뭐 하게요.

159

구 계장의 말에 갑자기 참고 참았던 억울함이 눈물로 쏟아져 나온다.

이서기 전 제가 뭘 그렇게 잘못했는지 잘 모르겠어요.

구민수 잘못이 없다곤 할 수 없죠. 그건 본인도 알고 있잖아요. 여러 가지로 팀에 피해 끼쳤다는 거. 저는 주무관님이 멍청하거나 모자라서 이렇게 됐다곤 생각 안 해요. 그냥 주무관님이 조금 늦된 방황을 하고 있다고 생각해요.

애매한 방황, 몸이 있는 곳에 마음은 없는 절반의 방황.
그 생활을 꾸역꾸역 이어온 게 벌써 4년 차다.

구민수 그러니까 이런 거죠. 요즘 사람들, 어렸을 때부터 방황이란 건 터부시하고, 잠시라도 주저앉아서 둘러볼 시간도 없이 앞으로만 가야 하고, 그래서 겨우겨우 도착한 곳에 내가 원했던 건 하나도 없고, 그제야 뒤돌아보니 내가 뭘 원했는지 다 잊어버렸고. 덩그러니 남은 낙동강 오리알처럼. 저도 다르지 않았거든요.

매일 한마디도 없이 섬처럼 지내던 구 계장님. 오십이 넘은 그의 입에서 나온 자전적인 이야기가 나의 세대에도 그대로 들어맞는다.

구민수 근데⋯ 남들이 주무관님의 방황을 이해해 줄 의무는 없잖아요. 참아 줄 의무도 없고요. 동료들은 주무관님의 부모도 아니고 친구도 아닌데. 그냥 업무적으로만 일시적으로 엮인 인간관계일 뿐이잖아요. 감정적으로 어떤 기대도 해서는 안 되는 거예요. 그러는 순간 실망으로 다가오니까.

이서기 그럼 저한테 이건 왜 주세요.

구민수 그냥 여러 가지 선택지가 있다는 걸 알려주는 거예요. 지금 우리 팀에서 주무관님한테 그걸 알려줄 수 있는 사람이 한 명도 없잖아요. 방금 일은 실수라고 해도 좀 심하긴 했고.

내 손에 들려 있는 다른 선택지. 그리고 그걸 알려주는 한때 '요즘 사람'이었던 옛날 사람.

구민수 요즘 공직사회에서 엠지세대 이탈이 많은 것도 난 이해가 돼요. 물가는 오르고, 부동산값도 오르고, 결혼도 해야 되고, 애도 낳아야 되고. 나 빼고 모든 게 인플레 맞는데, 내 월급은 적어지고 나도 작아지고. 공무원 조직은 가만히 있는데 세상은 저 앞으로 멀어지고. 안정적인 조직에서 정착하는 게 오히려 미래의 불안정을 초래하겠다. 이렇게들 생각하는 건데.

와, 정확하다.

이서기   네, 맞아요. 제가 어떻게 해야 하는지 잘 모르겠어요.

종이를 뒤적이는데 제일 뒷장에 휴직에 관한 법령이 있다.

구민수   그냥 방황을 해요. 근데 애매하지 않게요. 주무관님 아직 어리잖아요.

나보다 20년 더 산 어른의 말에 나같이 성긴[1] 인생을 살아온 꼬마가 끼어들 수 없는 밀도가 느껴진다.

구민수   주무관님은 모르겠지만 다 보이거든요. 몸은 여기에 있는데 마음은 다른 데 가 있다는 게. 몸이 있는

---

1   물건의 사이가 뜨다, 반복되는 횟수가 뜨다. 관계가 깊지 않고 서먹하다.

곳에 마음이 있지 않다는 것 자체가 방황의 시초거든요. 그리고 그런 지가 아마 꽤 되었죠…? 내가 보기에는 1년 이상.

얼굴이 빨개진다.

이서기 그… 그 정도는 아닌데. (맞아요. 4년 내내 몸과 마음이 같은 곳에 있던 적 없어요)

구민수 근데 방황을 할래도요, 애매한 방황을 해버리면 인생이 꼬여요. 주무관님이 방황을 할 거면 온몸을 던져서 하라고요, 확실하게. 진짜 정신 좀 차려요. 20대의 애매한 방황은 30대가 돼서 복수를 하고, 30대의 애매한 방황은 40대에 더 큰 복수를 해요. 타격감은 나이가 들수록 배가 되고 회복력은 반감돼요. 왜 그렇게 애매하게 사는 거예요. 여기 왜 들어왔어요?

이서기 그냥… 갈 곳이 없었어요.

구민수 엄마가 가라고 했어요?

나이 서른 먹어서 엄마 핑계를 대기에는 입이 도저히 안 떨어진다.

163

구민수 그니까 사회에서 주변에서 정착하라고 요구받는 곳이잖아요, 여기가. 여기서 도저히 둥지 못 틀겠으면 일단 둥지 뜯어서 나가 봐요.

이서기 예…?

구민수 둥지 뜯어서 짊어지고 보따리장수마냥 봇짐 지고 다니면서 어디에 내 둥지 틀어야 할지 임장 다니는 거예요. 이곳에 맞을지 저곳에 맞을지. 안 대보고 알 수 있어요? 수없이 대보고 끼워 맞춰보고, 아니다 싶으면 또 다른 길 가보고. 근데 지금처럼 아무것도 안 하고, 둥지 뜯어서 나갈 용기는 없고, 애매하게 출근 퇴근 출근 퇴근. 겉도는 인생만 반복하면 10년 후 지금 내 나이 돼서는 정말로 복구가 안 돼요.

구 계장님의 말씀에 붕괴됐던 내 세상이 복구된다. 공무원이 되기 전 삐뚤삐뚤하지만 자연스러웠던 내 모습으로. 하지만 시간이 너무 지나서 기억이 잘 안 난다.

이서기 제가 뭘 하고 싶었는지 생각이 잘 안 나요.

구민수 그럼, 지금 하는 불평. 그걸 생각해요. 그건 아직 선명하죠? 난 이거 말고 다른 게 하고 싶어. 매일 생각하는 그거요. 그걸 지금 넘겨버리면 나중엔 희끄무

레한 후회로 남아서 기억도 잘 안 나요.

그러니까 주무관님이 하는 방황, 누가 보기엔 우습고 허황되어 보이는 그 목표요. 그걸 붙잡고 늘어져 봐요. 방황 자체를 터부시하지 마세요. 그 방황에 확실하게 지분을 나눠주세요.

이서기 계장님… 저한테 왜.

구민수 나처럼 나이 40까지 애매하게 끌려다니지 말았으면 해서.

이서기 고맙습니다. 좋은 말씀 해주셔서요.

구민수 일단 내가 주고 싶은 자료는 거기 다 있어요. 감정에 머리채 잡히지 말고 법을 이용해요. 공무원은 법령에 따라 공무를 집행하는 사람들이잖아. 인생도 잘 모르겠다 싶으면 법 찾아봐. 생각보다 먹히는 게 많아. 차근차근 살펴보고 주무관님이 활용하고 싶은 것만 골라서 영리하게 활용해요. 주무관님 똑똑한 사람이잖아요.

이서기 감사합니다.

구민수 그리고 다음번 사회생활 시작할 때는 처음부터 물렁하게 보이지 말고, 타인한테 함부로 웃어주거나 잘해주지 말아요. 난 뭐… 성악설을 믿는 사람이라, 굳이 매사에 친절할 필요가 있나 싶어. 아, 그… 주무관님

책에도 있던데? 99번 잘해주고 한 번 못한 사람보나
99번 못하다가 한 번 잘해준 사람이 낫다고?

이서기 아… 읽어 보신 거예요.?

구민수 뭐, 내가 책 읽는 걸 좋아해서. 주무관님이 주워들어
서 아는 건 많나 본데 실천은 잘 못 하더라.

이서기 근데… 이번에도 휴직하면 벌써 두 번째 휴직이고,
그럼 아무리 공무원이어도 저를 어떻게 생각할지.

구민수 회사는 기억력이 없어요. 주무관님이 휴직을 몇 번
했고, 왜 했고, 휴직하고 뭘 했는지, 다 기억해 주기
엔 먹여 살려야 하는 식솔이 너무 많고, 돌아가야
하는 업무들이 너무 많지. 주무관님 같은 나사에 나
눠줄 용량은 없으니까 지레짐작하지 말고.

이서기 하, 네.

구민수 한 번쯤 들이받아도 좋고, 어차피 기억 못 할 거.

멋지게 떠나는 구 계장님. 아마 오늘 나한테 1년 치 말을 다 쏟
아부은 것 같은데. 하아, 하늘을 올려다보니 구름 한 점 없다.
오늘 아침만 해도 비 오고 천둥 치고 무너질 것 같더니.

S#16. 누가 와도 제가 제일 잘해요

대표　처음 뵙겠습니다.

이서기　네, 안녕하세요. 저는 이서기라고 하구요.

대표　보내주신 글 보고 궁금해서 미팅 요청 드렸습니다.

이서기　감사합니다. 뵙게 되어 영광이에요.

팀 단톡방에 초대되어 동료들에게 난도질을 당하던 그날, 내 일기장에만 보관해 놓던 내 열등감들을 모아서 출판사 이곳저곳에 보냈다. 내가 6년 동안 도서관에서 아까운 청춘을 썩히며 간신히 만들어 낸 180만 원짜리 덫. 그 덫에 발이 단단히 묶인 채로 하늘을 봤다.

"정답은 밖에 있어, 틀림없어."

우물 밖을 동경하면서 어디에 내놓기 부끄러운 알몸을 포장도 하지 않고 이곳저곳에 뿌렸다. 내겐 분명히 재능이 있을 거라고, 그게 애매한 재능이어도 상관없다고, 어떻게든 이곳에서 나가고 싶다고, 울면서 우물 밖 세상을 향해 외쳤다.

내내 대답이 없던 파란 하늘로부터 거짓말처럼 받은 한 통의 문자.

안녕하세요, 이서기 작가님.

00출판사 대표 박영섭이라고 합니다.

보내주신 글을 보고 한번 뵙고 싶어 연락드립니다.

그렇게 우물 안 개구리는 처음으로 우물 밖으로 나와 하늘을 만났다. 이곳에 분명 기회가 있다. 이 사람에게 분명 정답이 있다. 이번에야말로 내 발목에 주렁주렁 달려 있는 족쇄를 풀 수 있을 것 같아 간절한 얼굴로 침을 꿀꺽 삼킨다. 대표의 입 모양에 내 모든 오감이 쏠린다.

대표   음, 필명이 서기예요?

이서기   네, 뭐.

대표   글 적는 서기란 뜻인가? 아님 뭐, '서다'의 명사형인가?

내가 8급 승진을 하던 날, 거래처 사장님이 사무실에서 이빨을 쑤시면서 한 말로부터 시작된 내 이름.

"어? 이서기 주무관 오늘 8급 달았어? 이서기보[1] 아니고 이제 이서기네!"

내 이름에 그런 식의 특별한 의미는 전혀 없다. 아니, 오히려 너무나 평범해서 어딜 가도 발에 치이는 흔한 의미. 이서기, 김서기, 박서기…. 그래서 난 고작 얼굴 없는 이 아무개란 뜻이었는데. 아니야, 이제라도 눈코입을 그려 넣으면 되지. 이제라도 특별해지면 된다.

> **이서기**　네! 여러 가지 특별한 의미가 있습니다!

촌스러운 색깔의 개구리가 힘차게 개굴댄다.

> **대표**　근데, 정말 공무원이에요? 현직은 아니죠?
> **이서기**　아, 저는 지금 구청에서 일하고 있는 공무원입니다.
> **대표**　(황당한 듯) 네…? 공무원인데 이런 거 해도 돼요?

역시나 내 꼬리표가 나라는 존재를 집어삼킨다. 공무원이라는 꼬리표는 항상 내가 무언가 해명해야만 하는 구실을 만들었다.

1　서기보: 9급 / 서기: 8급 / 주사보: 7급 / 주사: 6급 / 사무관: 5급 / 서기관: 4급

잘못을 하지 않아두 해명해야만 했다.

특별한 재능을 찾지 못해서 9급 공무원 시험에 목숨을 걸고, 그렇게 사지선다 객관식 시험에 내 청춘을 태워, 개성도 없고 얼굴도 없는 공무원이 되었다는 그 사실. 그 자체가 내 인생의 실책일까. 이런 질문을 받을 때마다 후회가 밀려왔다.

이제라도 세상에서 내 존재를 확인받고 싶다는 생각이 지나친 욕심일까. 엄마 말대로 아등바등하지 말고 우물 안에서 가끔 상처럼 떨어지는 빗방울이나 간신히 받아먹으며, 이게 바로 소소하지만 확실한 행복이라고 자기 위안을 하면서 살아야 하는 것인지.

간신히 동아줄을 잡고 우물에서 한 발짝 나온 내게 벽을 세우는 하늘. 그 하늘의 냉소적인 표정에 또 움츠러들다가 '공무원이?'라는 물음에 발끈하는 내 모습.

이서기　(공무원이 뭐요. 공무원도 글 쓸 수 있고, 유명해지고 싶고, 돈도 많이 벌고 싶어요. 공무원도 잘살고 싶어요, 공무원도 사람이거든요) 제약이 있긴 하지만 불가능한 건 또 아니라서요….

하지만 이건 세상 탓이 아니다. 공무원이라는 꼬리표를 지키기 위해서 더 이상 성장하지 못하도록 스스로 거세한 내 잘못이다. 그렇게 불구가 되기로 선택한 건 다름 아닌 나였다. 하지만 이제라도 세상에서 기능하는 인간이 되고 싶다.

이서기   저한테 이렇게 연락 주셔서 너무 감사합니다. (책을 내민다) 이건 제 책…. (말을 흐린다)

내 명함은 공무원이라는 타이틀이 아니다.
내가 31살 만에 거짓말처럼 이 세상에 내놓은 내 책이다.
내 책이 내 명함이다.

대표   오, 감사합니다. (대충 책을 넘겨보는 옆으로 치운다) 보내주신 글을 봤는데… 저희 작가님이랑 결이 좀 비슷한 것 같아서 한번 뵙고 싶었구요.

이서기   네, 감사합니다. 그래서 제 원고가 출간되는….

대표   (말을 자르고) 아니요, 그런 건 아니구요. 사실 MZ세대 타겟팅해서 대필할 대필 작가를 찾고 있습니다.

이서기   대필이요?

대표   네, 저희 소속 작가님 차기작 준비 중인데, 혼자 작업하시면 아무래도 글이 빨리 나오질 않으니까. 근데 이서기님이 보내주신 글이 저희 작가님 글이랑 결이 잘 맞을 것 같아 연락을 드렸어요.

나도 무르게 옆으로 치위진 내 책에 시선이 쏠린다.
내 책처럼 나도 역시 옆으로 치워졌다.
하지만 난 다시 우물로 들어가고 싶지 않다.
누군가의 그림자로라도 우물 밖에서 살고 싶다.

대표   혹시 생각 있으신가요?

최대한 어른스럽게, 프로처럼 대답해야 한다. 9급 공무원 면접
책에서 배웠던 것처럼 면접자의 인중을 응시하고 가장 애매한
답변을 한다. 우수, 보통, 미흡. 언제나처럼 미흡을 피하기 위한
무색무취의 답변을 한다.

이서기   네, 제안해 주셔서 감사합니다. 대필은… 해보지는 않
              았지만 잘할 수 있을 것 같습니다…. (말끝을 흐리고)

하지만 세상은 우수한 사람을 원한다. 보통이라는 성적으로는
역부족이다. 날 보는 대표의 표정이 떨떠름하다. 보통의 세상에
서 이제 막 나온 보통의 개구리는 그 표정에 당황한다.

대표   흠…

그러는 중 내 옆에서 항상 쌩한 얼굴로 살아가는 소라의 조언이 반짝하고 떠오른다.

"야! 무조건 내가 제일 잘한다고 해. 누가 와도 내가 제일 잘한다고 해."

"해본 적도 없는데?"

"그냥 던져! 막 던져. 고민만 하다가 인생 종 칠 거야?"

소라의 말을 떠올리면서 소라의 쌩한 얼굴을 따라 한다.

이서기 대표님, 저 다음에 혹시 면접자가 몇 명이나 되죠?

대표 (웃으며) 음, 뭐 한 오십 명은 되죠?

이서기 (눈을 똑바로 응시하며) 누가 와도 제가 제일 잘 씁니다. 저 뽑아주세요.

처음으로 하늘의 눈을 똑바로 본다. 그의 인중이 아니라 날 알아봐 준 새파란 하늘의 눈동자를 똑바로 응시한다. 처음으로 세상과 눈이 마주치는 순간 창백했던 얼굴에 갑자기 생기가 돌고 모스 부호 같던 목소리에 음표가 생긴다.

대표 (조금 놀란 눈으로) 네, 일단 알겠습니다. 돌아가시면 연락 드릴게요.

터벅터벅 걸으며 소라와 통화하는데….

김소라   대필? 아, 뭐야~ 대필 괜찮겠어?

이서기   그거라도 연락 온 게 어디야. 이대로 사무실에서 썩
　　　　　는 것보다는 낫지.

김소라   그래 맞아, 첫술에 배부를 수 없어. 이렇게 차근차근
　　　　　시작하는 게 맞아. 내가 시키는 대로 말했어?

이서기   응, 내가 제일 잘한다고. 근데 표정 쫌 안 좋았는데.

김소라   잘했어. 무조건 돼. 내 촉 알지.

이서기   진짜? 촉 왔어? 되면 좋겠다. 기도하자, 기도.

김소라   근데 언제 연락 준대?

그때, 너무 빨리 도착한 내 기도에 대한 답변.

　이번 기회에는 함께하기 어렵게 되었습니다.
　다음에 더 좋은 기회로 만나 뵙길 기원하겠습니다.
　　– 박영섭 드림 –

그대로 자리에 멈춰서서 얼음이 된다.
내 길인 줄 알았던 희미한 목적지가 신기루가 되어 사라지고,
현실에는 조직에 부적응하고 나이 30이 넘어서도 애매한 방황

을 하는 우울한 얼굴의 이서기가 있다.

김소라　여보세요? 여보세요?

왜, 도대체 뭣 때문인지, 세상에 내가 적합하지 않은 이유가 뭔지 정말 알고 싶다. 나도 모르는 세상이 보는 내 모습을 알고 싶다. 알아야 보완할 수 있으니까, 알아야 포기할 수 있으니까.
하지만 아무리 생각해도… 내 생각에 내 글에는 단점이 없다.
대표가 의아한 얼굴로 내게 물었던 말.
"공무원인데 이런 일, 할 수 있겠어요?"
내게 단점이 있다면 내가 빌어먹을 공무원이라는 그 사실 하나, 그것뿐이다. 너무 억울하다. 세상의 편향된 시선이 너무 억울해 이를 악물고 대표에게 문자를 보낸다.

대표님, 제 원고는 왜 안 되나요?
제가 공무원이라서 안 되나요?
이유를 알고 싶습니다.

벤치에 앉아서 엉엉 운다.
너무 속상하다.
돌아갈 수 있다면 공무원 시험 보기 전으로 돌아가고 싶어.

돌아갈 수만 있다면, 돌아갈 수만 있다면.

그때 또 핸드폰이 울린다.

눈물을 닦고 핸드폰을 본다.

RE: 답변 드립니다.

보내주신 원고는 편집부에서 손이 많이 가야 하는 원고입니다.

예를 들면 단락 나누기, 문장부호, 띄어쓰기, 끊긴 글 잇기 등이요.

작가님 원고의 아이디어는 좋다고 할 수 있겠지만 하드웨어가 너무나 허술합니다. 소설은 소설만의 기법과 작법이 있는데 작가님의 글은 그런 것들이 전부 무시되고 있습니다. 딱 보아도 소설을 전문적으로 공부한 적 없이 창작하셨음이 여실히 드러나구요.

출판사는 책을 출간할 때 여러 가지를 고려합니다. 그중에서 가장 역점을 두는 것은 책을 출간했을 때 판매가 얼마나 될 것이냐 하는 점입니다. 작가님의 원고는 판매에 부적합하다고 판단됩니다.

저희 출판사의 결정이 작가님의 직업과는 전혀 상관이 없음을 알려드립니다. 오늘 작가님을 뵙고 자신감 있는 모습에 함께 일하고 싶었지만, 더 경력이 있는 대필 작가를 구하게 되어 좋은 소식을 전해드리지 못해 죄송합니다.

저는 글을 쓰는 작가들을 누구보다 존경합니다.

작가님의 추후 행보를 멀리서나마 응원하겠습니다.

감사합니다.

대표님의 긴 답변은 단 한 문장으로 요약될 수 있다.

"노력이 부족하다."

노오력.

노오력이 부족했다.

내가 공무원이어서도 아니고, 사람들이 날 내리봐서도 아니고, 그냥 내 글이 부족했고, 내 글을 갈고닦으려는 노력이 부족해서였다.

김주성 팀장님이 내게 하신 말씀과 같다.

"업무가 안 되고, 힘들고, 계속 떨어지면 더 노력해야죠. 남들보다 한 시간 더 일찍 일어나고, 한 시간 더 늦게 잠드는 노력이라도 해야죠."

남편이 내게 한 말과도 같다.

"니가 노력한 것만 욕심내야 해. 제대로 된 노력을 한 적 없었잖아."

나를 편향된 시선으로 보는 건 세상이 아니었다. 다름 아닌 바로 나 자신. 내가 공무원이라는 사실은 약점이 되기도 했지만, 내가 노력하지 않는 데 대한 핑계와 구실이 되어 줬던 거구나. 나를 바라보던 내 색안경을 스스로 벗었더니, 노력 없이 세상 탓만 하는 한심한 우물 안 개구리가 있다. 노력하지 않았던 것을 욕심내는 내가 있다.

우수, 보통, 미흡.

보통이라는 믿음으로 살아온 내 능력은 사실 너무도 미흡했다.

조직에서도 미흡했다면 세상에서도 기능할 수 없다.

세상은 우수 중에서도 최우수만 필요로 한다.

맞다, 도망친 곳에 천국은 없다.

정답은 안에도 밖에도 없다.

그렇다면 난 어디로 가야 하지?

 ## S#17. 결혼이라는 잔인한 저울

아빠　　안녕하세요. 저는 이정우 애비 되는 사람입니다.

아빠가 갑자기 일어나서 꾸벅 인사를 한다. 모두들 당황스럽다.
한 달 뒤에 있을 오빠의 결혼. 양가에 결혼 소식을 공식적으로
알리는 상견례 자리다.

서기　　(민망한 듯 소곤대며) 아빠… 앉아.

아빠의 갑작스러운 인사에 앞에 앉아 계신 새언니의 아버님이
안절부절못하신다. 아빠는 마치 대본을 외워서 연극을 하는 연

기자처럼 경직된 자세로 밤새도록 외웠던 대사를 읊는다.

아빠　　여기는 정우 엄마, 이쪽은 제 여식이고요, 그 옆에는
　　　　재작년에 얻은 아들입니다.

사돈어른　(의아해하며) 아… 아들이요?

아빠　　아, 하하. 사위도 자식이니까요. 호적에 올라왔으면
　　　　아들이나 진배없지요.

사돈어른　아, 허허. 맞지요. 맞는 말씀이십니다.

아빠는 수요가 없는 가족 소개를 먼저 공급한다. 아무도 바란
적 없었는데. 나는 고장 난 기계처럼 유난히 뚝딱거리는 아빠가
좀 창피하다. 가만히라도 있으면 중간이라도 가는데….

밤새도록 준비한 레퍼토리를 늘어놓고 나서야 자리에 앉은 아빠
의 옆모습을 보는데, 파르르 떨리는 입꼬리. 긴장한 걸 티 내고
싶지 않지만 다 티가 나고, 나는 부끄러움에 눈을 질끈 감는다.
오빠가 결혼을 하겠다고 새언니를 데려왔을 때 부모님은 좋으
면서도 완전히 좋아하지 못했다.

결혼이란 건 생각보다 잔인한 저울이었다. 남과 여가 결혼이라
는 저울에 올라가 서로 지나온 인생의 무게를 달았다. 학벌이
어떻고, 직업이 어떻고, 사소하게는 키나 몸무게 그리고 모아
온 재산들까지, 모든 걸 빠짐없이 끌어안고 저울에 올라갔다.

하지만 이런 건 겨우 티끌에 불과했다. 제일 무게가 많이 나가는 건 남과 여의 부모가 살아온 인생이었다.

부모의 인품부터 재력, 학력, 노후가 얼마나 준비되어 있는지. 지금 사는 곳이 서울인지, 경기도인지, 자가인지, 전세인지. 결혼하겠다고 찾아온 기특한 자식에게 얼마만큼을 떼어 줄 수 있는지. 떼어 줄 돈이 없다면 팔, 다리, 내장까지 전부 내어 줄 수 있는지. 얼마나 끝까지 희생할 수 있는지. 그런 것들을 샅샅이 조사하고 낱낱이 저울질하는 과정이었다.

사랑을 처음 시작할 땐 눈에 보이지 않았지만, 그것의 결과로 결혼이라는 결실을 맺는 순간 즉각 수치화되어, 남과 여의 계급을 나누는 기준이 되었다.

정확히 말하면 남과 여의 부모를 비교하는 기준.

더 정확히 말하면 부모의 재력을 비교하는 기준.

저울에 올라가기도 전에 아빠는 판단했다. 이건 필히 기울어진 계약이 되겠구나. 아빠는 자기가 살아온 인생이 아들의 결혼에 누가 될까 봐 잠을 못 잤다. 우리 아들에게 아버지 본인의 모든 걸 내어줘도 새언니 집안에 비해서는 너무나 가벼울 수밖에 없단 걸 단번에 계산을 마친 아버지는 내내 속을 끓였다.

그렇게 죽도록 성실하게 살아온 인생이었는데도 턱없이 부족하다는 사실에 아빠는 며칠간 부쩍 말도 없었다. 그렇게 좋아하는 술도 안 마셨다.

그러던 어느 날, 오빠가 아빠에게 말했다.

"아빠, 걱정하지 마요. 우리 충분해. 아버지가 해주는 그 정도 도움이면 정말 충분해. 그동안 너무 감사했고, 예쁘게 잘 살게."

나보다 어른인 오빠는 살 집과 결혼식 일정까지 전부 준비해 놓고서 안절부절못하는 아빠를 안아줬다. 오빠와 나를 위해 평생 헌신했던 아빠의 지나온 인생을 안아줬다. 그제서야 아빠는 잔인한 저울에서 내려올 수 있었다.

아빠가 떨리는 손으로 넥타이를 고쳐 매고 사돈어른께 말한다.

아빠 정우가 많이 부족하지만 잘 부탁드립니다.

사돈어른 별말씀을요. 정우 군이 너무 착하고 건실해서 아주 믿음직스럽습니다. 저희 주희를 잘 부탁드려야지요.

사돈어른의 칭찬에 아빠 얼굴에 안도감이 서린다. 잊고 있었지만 결혼이라는 건 남과 여의 세계가 만나는 일이었다. 서로의 이질적인 세계를 이해하고 받아들이는 일이었다. 각자의 세계는 생각보다 방대했다.

이 사람의 부모가 어떤 말을 쓰는지, 인상이 어떤지, 형제 자매는 누구이고 어떤 일을 하고 사는지까지, 잔가지의 잔가지의 잔가지들을 소개하는 자리였다. 잔가지 중에서도 가장 하단에 달려 있는 나는 이 자리가 너무 불편하다.

그때 나를 쿡 찌르는 현우.

현우　(내 접시에 음식을 놔 준다) 좀 먹어.

현우가 챙겨준 음식을 억지로 입에 넣어보는데, 이게 채소인지 고기인지, 고기면 돼지인지 닭인지, 도저히 분간이 안 간다.

현우　더 줘?
서기　아니… 체할 것 같아.

그때 아빠가 갑자기 나를 가리킨다.
아빠의 손가락을 따라서 일제히 나에게 시선이 쏠린다.

아빠　저희 여식은 작가입니다. 작년에 책을 냈어요.

아빠가 갑자기 나를 내세운다. 이 순간 나는 아빠의 명함이 되어 뿌려진다. 너무 당황스럽다.

새언니　맞아요, 아가씨가 끼가 많아요.

새언니가 나를 보고 싱긋 웃는다. 나는 칭찬을 곧이곧대로 받아들이고 받아치는 법을 모른다. 어색하게 '하하' 하고 웃을 뿐이다.

서기	자… 작가는 아니고, 우연히 내게 된 거라… 하하.
새언니	책을 어떻게 우연히 낼 수 있어. 재능이 있으니까 할 수 있죠! 책이 곧 있으면 드라마로도 나온대요.
서기	아, 드라마는 아직 아니고….
사돈어른	아이구, 문학적으로 또 달란트가 있구나.
서기	(아니요, 저는 소설의 '소'자도 잘 모릅니다. 대필 작가로도 역량이 없어요)
사돈어른	우리 집안은 전부 이과 쪽 머리라, 따님 같은 분들 보면 정말 신기하고 부럽습니다.
아빠	(입이 귀에 걸려서) 쟤가 저 젊었을 적을 닮아서….

아빠가 자랑스러운 표정으로 나를 본다.
오늘 본 중에 가장 자연스러운 얼굴이다.

서기	(내가 무슨 아빠를 닮아…)
사돈어른	제가 예전에 미국 유학 시절에 유학 생활이 너무도 외롭고 향수병이 심해서 전원일기를 비디오방에서 공수받아 봤던 기억이 있어요.
새언니	맞아요, 그런 내용이에요. 되게 마음을 어루만져 주

는 힐링 소설. 너무 재밌어요.

내 글은 판매 가치가 없다는 출판사 대표의 냉소적인 말.
내 원고를 보고 출간에 난색을 표했던 수많은 이메일들.
나는 이 상황에서 도저히 고개를 들 수가 없다.
얼굴이 화끈거리고 귀가 달아오른다.
현우가 내 얼굴을 들여다본다.

현우　왜 그래, 괜찮아?

더 잘하고 싶은데, 더 잘했어야 했는데.
더 확실하게 아빠의 자랑이 되어 줬어야 했는데.
나에 대해 자신 있게 말할 수 없는 나 자신에 환멸을 느낀다.
애매한 노력으로 애매한 성과를 거두고, 우연히 한번 찍은 점을
기점으로 우하향하고 있는 내 위치에 대해 솔직하게 말할 자신
이 없다. 재능이라고 보기엔 너무나 애매한 잔재주일 뿐이라고
고백할 자신이 없다.
식사를 휘뚜루마뚜루 마치고, 10시간 같았던 1시간이 느리게
지나갔다. 식당을 나서서 아빠는 사돈어른에게 처음 했던 것처
럼 정중히 인사한다.

아빠　　　오늘 만나 봬서 반가웠습니다. 조심히 들어가 십시오.

사돈어른도 똑같이 인사하신다.

사돈어른 별말씀을요. 안녕히 가십시오.

그렇게 사돈 어르신의 제네시스가 떠나가고, 아빠가 넥타이를
풀고 말한다.

아빠　　　아이고, 끝났네. (현우를 보고) 사위, 고생했어.
서기　　　나는? 나도 고생했지.
아빠　　　그래, 너도 고생했다.

아빠의 배에서 나는 꼬르륵 소리.

엄마　　　니 아빠 밥 한술도 못 먹었다.
아빠　　　사위랑 순댓국에 소주 한잔 할까?
현우　　　그러시죠.
서기　　　대낮부터 무슨 술이야, 또.
아빠　　　누가 너한테 가재? 사위랑 간다.

내 첫 번째 출판으로 찍은 점 하나. 점은 점일 뿐이다. 점이 선이 되기 위해서는 반드시 두 번째 점을 필요로 한다. 빨리 두 번째 점을 찍고, 그것으로 우상향 그래프를 만들고 싶다.

추후에는 그 선이 면이 되는 그날까지 글을 계속 쓰고 싶다. 그렇게 해서 종국에는 아빠의 확실한 자랑이 되어 주고 싶다. 구체적인 설명으로 설득하려 하지 않아도 존재 자체로, '이서기'라는 이름 세 글자만으로 충분히 설득되는 그런 확실한 자랑.

아빠	(나를 보고는) 순댓국 싫어? 그럼 뭐 먹고 싶어?
서기	순댓국 먹자.
아빠	사위 수육 한 접시 사 줘야지.
서기	나는? 나는 왜 맨날 안 사 줘.
아빠	같이 가, 그럼.
서기	응.

S#18. 맥주 말고 와인, 와인 말고 맥주

이서기　웬 와인이냐, 맥주 먹지.

오랜만에 놀러 간 소라의 집.
소라가 웬 둥글넓적한 와인 잔에 새빨간 포도주를 졸졸 따른다.

김소라　이거 비싼 거야. 너 놀러오니까 내가 아침부터 현대
　　　　　백화점에 가서….

이서기　나는 카스가 좋은데, 왜?

김소라　야, 우리 이제 우아하게 좀 살자.

소라가 따라준 와인을 한입 먹는데.

이서기   (찡그리고) 아, 뭐야. 퉤퉤퉤투테테, 뭔 맛이여?
김소라   우아한 맛이야….

우아한 맛, 소라는 언제나 내게 말했다. 난 우아하게 살 거라고.
우리가 처음 만났던 17살 그때, 교복을 입고 구령대에 나란히
앉아 병 콜라에 빨대 꽂아 먹으면서도 난 서른 즈음엔 우아하
게 살고 있을 거라고 말했다. 그렇게 우리는 병 콜라를 '짠' 하
고 부딪치면서 약속했다.
이 촌구석보다 살기 좋아 보이는 일산 어디에 이층집을 사서 1
층엔 너, 2층엔 나, 3층엔 테라스 하나를 놓고, 매일 밤 맥주도
마시고 소주도 마시고 맨날 밤새면서 재밌게 놀자고, 결혼도 하
지 말고 맨날맨날 그렇게 재밌게 놀자고, 그렇게 우아하게 같이
늙어가자고. 고개를 돌리는데 소라의 행복해 보이는 결혼사진
이 눈에 걸린다.

이서기   오빠는 잘 지내셔?
김소라   우리 오빠는 똑같지.
이서기   너 나한테 결혼 안 한다고 했던 거 기억나지? 같이
        살자고 했잖아. 진짜 웃겨. ㅋㅋ 근데 제일 먼저 결

호하고 얌전한 고양이 부뚜막에 올라간다ㄱ, 옛말
틀린 게 하나도 없어.

김소라   내가 얌전한 고양이는 아니지.

이서기   그치, 넌 되바라진 고양이지.

술잔을 들고 있는 소라를 보는데 아직도 예전 그대로다.

들고 있는 게 병 콜라가 아니라 와인 잔일 뿐.

우린 똑같은 교복을 입고, 똑같은 머리 길이, 매일 점심 똑같은
밥을 먹고, 똑같은 병 콜라를 마셨지만, 나는 칙칙한 검은색 빨
대, 소라는 언제나 쨍한 핑크색 빨대를 꽂았다. 우리는 색깔이
너무도 달랐다.

스무 살이 되고 교복을 벗고 나서야 우리는 각자의 색깔대로
세상을 받아들였다. 같은 동네에서 같은 교육을 받고 같은 모양
으로 자랐지만 왜 그렇게 달랐을까.

그건 아마도 유전적인 이유, 아니면 부모님의 가정교육, 자매가
있었던 소라와 형제가 있었던 내 가정환경, 그게 다가 아니라면
그 흔해 빠진 MBTI 때문에….

아니, 다 아닌 것 같은데.

아직도 정말로 이유를 모르겠어.

김소라   나 싱가포르 가.

이서기　여행?

김소라　아니, 아예, 아예 가려고.

이서기　어…? 안 온다고?

김소라　응, 거기서 우아하게 살 거야.

소라와 나, 우리는 학교라는 감옥에서 벗어나자마자 20살부터 '요이 땅' 하고 각자의 방향으로 전력질주했다.

성년이 된 나는 나를 스스로 도서관에 가뒀다. 벌써부터 세상으로 나가기엔 너무 겁이 많아서, 인생이란 실전에 뛰어들기에는 고소공포증이 너무 심해서 어른이 되기를 유예했다.

그렇게 교복만 벗은 학생으로 남아 내가 좋아했던 빨대 색깔처럼 흑과 백만 있는 종이만 열심히 들여다봤다. 언젠가는 또 그 흑이 지긋지긋해서 지우개로 열심히 지웠는데 종이에는 자국이 남았다. 완전한 하얀색으로 돌아갈 수 없었다.

집행을 유예하긴 했지만 그 벌로 전과가 남은 것처럼 내가 허투루 보낸 시간은 내 자존감에 선명하게 자국을 남겼다.

그렇게 내가 쉬운 선택을 하고 실패라는 대가를 치르면서 무거운 책임을 지고 있는 동안에 소라는 스무 살이 되자마자 주저 없이 번지 점프를 했다. 그렇게 혼자서 칠흑같이 무서운 세상으로 뛰어내렸다. 소라의 선택은 내 선택과는 아주 달랐다.

내 선택은 가벼웠다. 세상의 기준을 그대로 답습하기만 하면 됐

없으니. 하지만 소라의 선택은 무거웠다. 그건 본인의 인생에 대한 치열한 고민의 무게였다.

그렇게 소라는 나와 정반대 방향으로 걸으면서 경력도 쌓고, 돈도 벌고, 영어도 잘하고, 요리도 잘하고, 뭐든지 다 잘했다. 너무나 반짝거렸다. 방금 세공을 마쳐서 기스 하나 없는 보석같이.

우리는 완전히 N극과 S극인 것처럼 극과 극으로 멀어졌다. 어쨌든 S극 쪽으로 무던히 걸어가고 있던 나는 N극에서 행복해 보이는 소라가 부러웠다. 내 길만 묵묵히 걸어가면 될 것을, 자꾸만 소라를 뒤돌아봤다. 못나 빠진 모습으로 소라에게 눈을 흘겼다. 나보다 예쁘고, 착하고, 밝고, 명랑하고, 돈도 많이 벌고, 옷도 예쁘게 입고. 내 세상은 칙칙한 검은색인데, 소라의 세상은 너무 쨍하고 밝은 분홍색이라 소라가 부러웠다.

그러다 소라를 시샘하고 그러다 소라를 미워했다. 아니, 소라를 미워한 게 아니라 소라를 부러워하는 나를 미워했다. 그런데 엉뚱하게도 난 소라를 멀리했다. 나 자신을 미워할 자신이 없었다. 그리고는 난 내게 말했다.

'김소라는 나랑 너무나 달라. 밀어내는 게 당연해, 어긋나는 게 당연해.'

하지만 소라는 언제나 그 반작용을 견디면서 분홍분홍한 얼굴로 내게 먼저 와 말했다.

"어디야? 오늘 뭐 해? 요즘 뭐 하고 지내? 떡볶이 먹으러 갈래?"

소라와 나의 관계, 그 자전거를 굴리는 건 언제나 소라의 노력이었다. 페달을 처음 밟을 때의 관성을 힘겹게 감당하는 건 언제나 소라였다.

그런데 나는 그렇게 대책 없이 밝은 소라의 얼굴이 정말 마음에 안 들었다. 마음이 삐뚜니까 소라의 얼굴이 삐뚤어 보이고, 날 보며 웃는 소라의 입 모양이 삐뚤어 보이고, 그 입 모양은 어느 날부터는 내게 비웃음으로 다가왔다.

그게 촛불이라면 꺼 버리고 싶었다. 그래서 소라와 내 관계를 꺼 버리고 싶었다. 정말 아무런 이유도 없이. 아니, 이유가 있다면 다름 아닌 열등감.

어렸던 내게 열등감이란 건 몸통은 하난데 대가리가 백 개나 달린 뱀 같았다. 그중에서도 소라를 향한 뱀 대가리는 제일 이빨이 날카로웠다. 그 이빨은 소라도 물어뜯었지만 나 자신을 제일 가혹하게 물어뜯었다. 그렇게 아무런 이유도 없이 아무런 날부터 생겨버린 너에 대한 날카로운 열등감.

"열등감"

그 무서운 뱀 대가리 때문이었어.

너가 너무 날카롭도록 눈부셨나 봐.

하지만 정말 이상하게도, 우리는 너무 다르다고 생각했는데, 극과 극에 있는 우리는 도저히 만날 수가 없을 거라고 생각했는데, 자꾸만 어디선가 마주쳤다.

마주친 김에 에라 모르겠다 밥도 먹고 맥주두 먹고. 그러다 200
도 못 벌면 맥주 남기지 말라고 구박당하고. 어떻게 그렇게 말을
해? 진짜 싸가지없는 년이라고 욕하고 물어뜯고, 다신 볼 일 없
다고 눈물바람으로 카톡 차단했다가 또 마주치고, 마주친 김에
에라 모르겠다 다시 맥주잔 부딪치고, 울면서 서로의 흉터에 약
발라주고 그렇게 10년을 지지고 볶았다. 얘는 N극 나는 S극이
라 색깔도 빨간색 파란색인데, 자꾸만 서로를 끌어당겼다.

이제는 시간이 많이 지나고, 나이를 먹고, 수많은 시절 인연을
떠나보내면서, 언제고 그 자리에 있는 소라의 나에 대한 진심을
알게 되었지만, 소라에게 내 열등감까지 고백하기에는 아직 고
소공포증이 남아 있다. 아직 어른이 되는 번지 점프를 하기에는
겁이 너무 많아.

하지만 소라와 나 사이에 있는 시간이라는 초가 다 닳고 이제
는 불이 꺼져가려고 한다. 소라와 내 관계가 아스러져 가는 건
가…. 갑자기 눈앞이 아득해진다.

이서기 너 가면 난 어쩌라고….

김소라 뭘 어째.

이서기 아니, 이제 누구한테 물어봐. 난 앞으로 어떻게 살아
야 하는지 고민될 때마다 너가 항상 알려줬었는데,
너가 없으면 이제 누가 알려주지?

김소라　기준은 너가 세워야지.

기준.
언제나 내 인생 기준이 되어 준 엄마와 소라.
기준을 세우는 법을 배운 적이 없는데….
그때 이제는 나사가 헐거워져서 떨어져 나가기 직전인 내 자전
거의 보조바퀴가 말한다.

김소라　넌 내 말을 듣는 것 같지만 항상 니 맘대로 했어. 난
　　　　　맞장구만 쳐줬을 뿐이야. 결국 너 혼자서 다 잘해온
　　　　　거야. 그러니까 앞으로도 잘할 수 있어.

소라가 언제나 잡아주던 내 두발 자전거. 꽉 잡으라고, 놓지 말
라고 하면서 열심히 페달을 굴렸다.
시원한 바람, 파란 하늘, 봄 냄새, 여름 냄새, 가을 냄새. 아, 너
무 좋아. 내가 가는 길이 너무 행복해서 소라를 잊고 있다가
"너도 행복하지?" 물으며 뒤를 돌아봤는데 사실은 나 혼자 굴
렸던 내 자전거. 소라는 언젠가부터 있지만 없었던 거다.
우리는 그렇게 서로의 보조 없이도 잘 달릴 수 있을 만큼 어른
이 되었다.

이서기 거기서는 우아하게 살 수 있을 것 같아?

김소라 응 꽃집 하면서 와인 마시고 우아하게 살 거야.

이서기 어? 술 없다.

소라가 내 와인 잔에 카스를 따라준다.

김소라 난 맥주 말고 와인, 넌 와인 말고 맥주.

짠.

S#19. 고유한 희생

엄마	엄마 시골 간다.
서기	응, 이번에는 언제 와?
엄마	아직 모르지. 엄마 가게 내놨어.

가게를 내놨다고? 내가 8살이 되던 해부터 지금까지 엄마가 평생 운영해 온 이 떡가게, '서기네 방앗간'. 그냥 가게가 아니고 엄마의 전부인데, 이걸 처분한다고?

서기	가게를? 왜?
엄마	할머니가 치매래.

봉지에 떡을 담아 포장하면서 담담히 말하는 엄마의 뒷모습에 짐이 주렁주렁 달려 있다.

서기 치매? 심하대? 뭐, 그걸 어떻게 알아? 언제 갔었어?

엄마 못 갔지. 장사한다고 바빴잖아. 맨날 먹고산다고 전화도 못 하고…. (코를 훌쩍이며) 할머니가 일주일만에 노인정을 갔는데, 어제 왔는데 왜 또 오게 하느냐고 화를 냈다나 봐. 그게 이상해서 동네 아주미가 삼촌한테 넌지시 말했다더라고.
그래 가지고 서울 와서 검사해 보니까 치매 초기라고 그런대. 니 외할아버지 돌아가시고 혼자 너무 오래 지냈잖아. 먹고사는 거 바쁘다고 다들 들러보지도 않고…. 자식이 네 명이나 있는데.

엄마의 어깨에 달려 있는 짐은 다름 아닌 마음의 짐이다. 그런데 이 순간 철없는 손녀 자식이란 게 치매 걸린 할머니보다도 자신의 안위만을 걱정한다.

서기 엄마 가면, 나는 어떻게 해.

내 말에 엄마가 갑자기 나를 보며 생전 본 적 없는 표정을 짓는다.

엄마	엄마는 너한테 할 만큼 했잖아.
서기	어⋯?
엄마	너 재수하고, 삼수하고, 서른 먹도록 만 원 이만 원 받아가면서 책가방 딸랑딸랑 메고 도서관 왔다갔다 할 때도, 엄마는 너 하고 싶은 거 못 하게 한 적 없잖아. 엄마는 너한테 할 만큼 했잖아.
서기	엄마, 왜 그래.
엄마	그래서 번듯하게 공무원도 되고, 사위도 든든하게 직장 잘 다니고, 너네 살 집도 주고, 탈 차도 사 주고, 엄마는 너한테 다 줬어, 다⋯.

떡을 진열하던 엄마가 갑자기 주저앉아서 눈물을 흘린다. 아주 어렸을 적 어두운 방 안에서 몰래 우는 엄마의 모습을 본 후로 엄마의 눈물은 정말 처음이다. 그때처럼 모른 척하고 뒤돌아 누워야 하는지. 그러기엔 내가 너무 커버린 것 같은데. 처음 보는 엄마의 눈물은 어떻게 닦아줘야 하는지 도저히 모르겠다. 하지만, 엄마의 엄마 그리고 나는 하나의 선처럼 이어진다.

서기	어, 언제 가는데?
엄마	(눈물을 닦으며) 니 오빠 결혼식 끝나고 가야지. 노인 네 혼자 눈물바람을 하고 있을 건데. 난 너네들한테

할 만큼 더 했으니까.

서기 아니, 내가 언제 부족하다고 했어? 엄마가 나한테
못 해줬다고 한 적 없잖아. 왜 그렇게 말하는 건데.

엄마 너무 불쌍해서 그래, 너무 불쌍해서.

그렇게 엄마는 한참을 울고, 나는 한참을 안절부절못한다. 차라리 남이었다면 지금보다 훨씬 풍부한 표정으로 끌어안아주고 거짓으로라도 눈물을 흘려줄 수 있는데, 언제나 내 큰 우산이었던 엄마라는 존재의 눈물에 도저히 어찌할 바를 모르겠다. 그래서 아무 말이나 해보는데.

서기 어쩔 수 없잖아.

엄마 (발끈하며) 내가 치매 걸려도 너는 어쩔 수 없다고 그럴래?

서기 아, 아니… 그 말이 아니고, 노화가 어쩔 수 없다는 말이지. 사람은 다 늙잖아. 봐봐 엄마, 나도 늙었어. 눈에 주름 봐봐. 내가 서른셋인데.

엄마 (실소를 터뜨리며) 하이고, 번데기 앞에서 주름 잡네.

이런 일이 생겼을 때는 감정과 이성이 동시에 요동을 치는데, 감정은 잠시 왔다 가는 손님일 뿐이지만 이성은 고정되어 있는 매

서운 현실을 직시한다. 그리곤 철저히 계산된 해결책을 요구한다.

엄마　가게 요 옆 부동산에 내놨어. 산다는 사람 있으면, 떡집 한다는 사람이었으면 좋겠네. 기계까지 싹 팔아버리게. 뭐 똥값 받겠지만은…. 산다는 사람 없으면은 세 줘야지. 부동산 아주미한테 물어보니까 1억에 90은 받겠더라. 집도 세를 주든가 하고. 엄마는 목돈 필요 없으니까 전세 말고 월세로 내놓게. 니가 부동산에 좀 내놔 봐라. 그… 인터넷으로 뭐 하는 거 있지 않어?

서기　알겠어, 근데 그렇게 급하게 가야 되는 거야?

엄마　하루가 다르게 사람 못 알아보는데, 얼른 가야지.

서기　아빠는?

엄마　아빠도 같이 가지. 니 아빠가 할머니 소식 듣고 며칠을 눈물바람이야. 그니까 너네는 이제 알아서들 살어.

서기　엄마, 나 그럼 김치랑 쌀이랑 멸치볶음이랑…. 현우가 좋아하는데.

엄마　해주고 갈게, 많이.

서기　안 가면 안 돼? 왔다갔다 하면 되잖아.

엄마　엄마가 후회할 거 같어. 이대로 할머니 보내면.

서기 엄마, 근데 삼촌들도 있잖이. 왜 맨닐 엄마만 아등바
       등해.

엄마 (시선을 돌리며) 몰라, 나는 내 할 도리만 하는 것뿐이
       니까.

할 도리. 엄마는 항상 "내 할 도리만 한다" 이 말을 입에 달고
살았다. 엄마는 누군가를 위한 도리를 하느라 엄마의 인생을 산
적이 없다.

어렸을 적엔 줄줄이 딸린 남동생들 끼니 챙기느라 아궁이에 불
때고, 밥하고, 농사짓고, 새끼 꼬고. 엄마는 지금도 굵어진 종아
리를 보여 주며 어릴 적 죽도록 새끼를 꼬느라 이렇게 굵어졌
다며, 이게 늙어서는 그렇게 든든할 수가 없다면서 나로선 도저
히 이해할 수가 없는 말을 했다.

엄마는 "넌 여자니까 고등학교도 가지 말고 일만 해라"는 할머
니 말씀에 고등학교는 보내달라고, 내가 벌어서 가겠다고, 엄마
는 그렇게 학교도 억지로 마쳤다.

어른이 되어서는 서울로 대학 간 삼촌 학비를 벌었다. 항상 죽
어라고 일했다. 일 년 삼백육십오일 쉬는 날도 없이 죽어라 일
해서 남을 위한 도리만 했다. 자기를 위해 쓰는 일이 없었다.

그렇게 남동생들을 빠짐없이 졸업시키고 아빠를 만났다. 아빠
와 결혼하기 전에는 할머니가 사는 집터를 사서 할머니 손에

집문서를 쥐여 주고 결혼했다. 그게 엄마가 생각한 딸로서, 누나로서의 할 도리였다.

결혼해서는 오빠와 나를 낳고 30년 동안 온몸을 바쳐 키웠다. 엄마의 인생에서 지켜야 했던 도리 중에서는 아마도 부모로서의 할 도리가 가장 무거웠을 것이다. 지금 생각해 보면 지금의 내 나이 33살이었던 엄마에게는 6살 난 오빠와 4살 난 내가 있었다.

어렸을 적 불 꺼진 단칸방에서 오빠와 내가 잠든 줄 알고 몰래 눈물 훔치던 모습이 아직도 잊혀지지 않는다. 엄마의 어깨에 주렁주렁 매달려 있던 나와 오빠가 얼마나 무거웠을지, 버거웠을지. 그때의 엄마와 동갑이 되어 있는 지금, 난 그 무게가 도저히 가늠이 안 된다.

서기   엄마는 왜 평생 그렇게만 살아! 왜 엄마 인생은 없어?

엄마   니들만 잘 살아 주면 엄마는 후회 없어.

엄마는 또 동문서답을 한다. 엄마 인생에 대해 물었는데 오빠와 내 이야기를 한다. 어쩌면 너무 오랜 세월 할 도리를 하느라, 엄마 인생과 내 인생을 구분하는 법을 잊은 건지도 모르겠다.

생각해 보면 자식새끼들이라고 지금까지 엄마의 젊음을 빼먹을 대로 다 빼먹다가, 이젠 내 대가리가 다 컸으니 이제야 엄마 인생을 살라고 밀어버리는 건 말도 안 되는 일이다. 빨리고 빨려서 이젠 빈껍데기만 남았는데 이제시아 엄마 인생을 찾아보라니…. 그건 그냥 고려장이나 다름없는 거잖아.

서기   (말을 돌린다) 혼자 속 끓이지 좀 말고 삼촌들한테 좀 연락해 봐.

엄마   뭣 하러, 자식으로 할 도리는 각자 하는 거야. 난 내 몫만 하면 되는 거고. 저러다 할머니 돌아가시면 후회도 각자 몫인 거야. 내가 할 수 있는 것만 최선을 다하면 나중에 미련도 없고 후회도 없는 거야. (나를 보며) 너도 그렇게 살어. 맨날 가타부타 입만 살아서 게으름 피우지 말고.

그때 울리는 전화기, 현우다.

서기   엄마, 현우가 데리러 왔대. 나 간다?

엄마   어, 그래. 부동산 좀 알아보고. (뭔가 깜빡했다는 듯) 어마마, 또 깜빡했네.

엄마가 갑자기 서랍에서 약통을 꺼낸다.

서기   뭔데, 어디 아퍼?

엄마　치매 예방약, 치매가 유전병이래. (약을 입에 털어넣으며) 아유, 맨날 깜빡깜빡해.

서기　나 갈게 일단. 전화할게.

약을 먹는 엄마의 모습을 뒤로하고 나가는데, 갑자기 또 울컥 감정이 올라온다. 치매에 걸린 할머니를 돌보러 가는 엄마는 언제부턴가 치매 예방약을 먹고 있었다. 위로는 할 도리를 다 하면서 아래로는 우리에게 부담 주지 않으려고 엄마는 부단히 애쓰고 있었다.

엄마가 가족을 위해 평생을 해 온 모든 일은 단 한 단어로 쓸 수 있다.

"희생"

희생이란 단어는 너무나 아프다.

한 사람의 인생을 전부 갈아 넣어야 하기 때문이다.

숭고한 희생.

'숭고한'이라는 수식어는 상처럼 주어지는 것일 뿐, 한평생 희생만 하고 살아온 엄마의 인생을 수식하기엔 너무나 피상적이다.

나이를 먹으면 그 희생의 의미를 다 이해하게 될 줄 알았는데, 아직도 난 엄마의 희생이 이해가 안 된다. 엄마의 희생을 먹고 자랐으면서도 이해가 안 된다. 뭐 때문에 그렇게 온몸을 바쳐 희생했는지, 그 중심엔 왜 엄마 자신은 한 번도 없었는지, 도저히 이해할 수가 없다.

하지만 묻고 싶어도 이젠 더 이상 묻지 않기로 한다. 엄마의 인생이 곧 내 인생이 되었다면 그냥 내가 대신 잘 살아주면 그만이다. 내가 엄마 몫까지 두 배로 세 배로 더 잘 살아주면 그만이다. 그게 내가 엄마를 위해 할 도리인 것 같다.

서기　(전화를 건다) 여보세요? 엄마는 치매 걱정하지 마. 치매 걸리면 내가 업고 다닐게.

엄마　아이구, 말이라두 고맙네. 니 인생이나 잘 살아. 엄마는 엄마 요양원 들어갈 돈까지두 다 알아서 맹글어 놨으니까. 너나 공 서방이랑 건강하고 행복하게 잘 살아. 애기도 하나 낳구. 애기 생기면 엄마가 봐주러 올게.

엄마의 목소리에 눈물이 주륵 흐른다. 내가 누려온 게 엄마의 사랑인 줄로만 알았는데, 사랑이란 단어는 너무 흔하다. 나를 향한 엄마의 희생은 너무나 고유한 것이었다.

엄마　그래두 우리 딸내미 때문에 살맛이 난다.

서기　엄마.

엄마　응.

서기　사랑해, 고마워요.

S#20. 그냥 니가 싫어

김주성   여러분과 같이 일할 수 있어서 너무 좋았고, 이곳에
서의 기억이 좋은 추억이 될 것 같습니다. 그동안
감사했습니다.

김주성 팀장님의 송별회 회식 자리. 다들 화기애애하게 술잔을
부딪치는데, 나만 혼자 얼굴에 빗금을 치고 구석에 처박혀 있
다. 김 팀장님은 회식 자리에 왔지만 전화를 하느라 바쁘시다.
이곳저곳에서 축하해 주려고 오는 전화에 웃으며 답변하느라
본인의 송별회인데도 제일 젖어들지 못한다.
이게 마지막이라면 팀장님한테 눈물 꾹 참고 물어보고 싶은데.

난 도대체 앞으로 어떻게 해야 하는지, 팀장님이 없으며 어떠 마음으로 버틸 수 있겠는지. 근데 팀장님은 "여보세요? 아이고, 감사합니다" 하며 또 자리를 비우신다.

그의 뒷모습을 보면서 내 얼굴처럼 기름이 쏙 빠져서 쪼그라든 곱창을 깨작깨작대고 있는데, 확성기가 내게 스리슬쩍 다가와 앞에 앉는다.

> **조동이**　팀장님 가시면 어떡하니? 동아줄 끊어졌네. 너 일 대신 해줄 사람도 없고, 너 감싸줄 사람도 없네. 앞 으로는 정신 좀 더 똑바로 차려야겠다… 그치?

또다시 분탕질을 시작한다. 그녀는 자갈을 집어서 내게 하나씩 퐁당퐁당 던진다. 지금 내 뱃속은 맑은 물이 아니라 진흙탕으로 가득 차 있다. 끝을 모르는 불투명한 감정으로 가득 차 있다. 그녀가 던지는 자갈에 까만 감정의 흙탕물이 여기저기 튀고 난리다. 엉망진창이다.

> **조동이**　(술 따라주며) 한잔 해.
> **이서기**　많이 마셨어요.
> **조동이**　야, 어른이 주면 받는 거야. 뭐만 하면 그렇게 말대 꾸 꼬박꼬박, 으휴… (술잔에 술을 따른다)

이서기	저랑 나이 별로 차이 안 나시잖아요.
조동이	나이랑 상관이 없지. 난 애가 셋이야. 애 안 낳아 본 애들은 다 너처럼 철이 없다니까. 아, 근데 내가 진짜 궁금한 게 있는데⋯ 물어봐도 돼?
이서기	어떤 거요?
조동이	너 저번에 복무 사항 보니까, 뭐⋯ 산부인과 갔었더라? 너 임신 안 하는 게 아니고 설마 못 하는 거야? 너 뭐⋯ 문제 있어?

내게 뭔가를 원하는 눈빛. 새로운 가십거리를 원한다. 그동안의 계륵은 이미 발라질 대로 발라져서 뼈만 남았다.

'이제는 재미없어진 계륵 말고, 통통하니 뜯어먹을 게 많을 만한 니 약점을 내놔 봐.'

굶주린 주둥이가 아가리를 벌리고 내게 다가온다. 진공청소기 같은 그 입이 다가올 때마다 빨려들어가지 않으려고 옷깃을 여몄는데 그녀의 말처럼 동아줄마저 사라진 지금 난 버틸 만한 힘도 없다. 그녀의 눈동자를 똑바로 보고 눈으로 말한다. 그래, 니가 원하는 걸 줘 볼게. 숨기지 않고 시원하게.

이서기	네, 저도 아기 가져야 하니까 검진받으러 갔었어요.
조동이	검진을 왜 받아? 안 생겨?

이서기 안 생기니까 갔죠. 생겼으면 안 갔겠죠.

반짝이는 그녀의 눈동자. 새로운 먹이를 물었다. 먹이를 한 입 베어 문 순간 그 맛이 너무 쩽해서 환희에 차오른 듯한 얼굴 근육.

조동이 어머, 그랬구나. 그래서 요즘 힘든 거였어? 진작 좀 말하지. 그럼 내가 더 챙겼을 텐데.

먹이가 되지 않기 위해서 견고하게 만들었던 갑옷. 하지만 아무리 열심히 철벽을 쌓아올려봤자 나 자신이 쪼그라들수록 갑옷도 같이 나약해졌다. 사실 갑옷 같은 건 필요 없었을지도 모르겠다. 그냥 나 자신이 약하지 않았더라면, 내 자존감의 무게만 무거웠더라면, 알몸으로라도 이깟 청소기 따위에는 빨려들어가지 않았을 수 있었다. 이제라도 난 갑옷을 벗어보기로 한다.

이서기 궁금한 거 지금 다 물어보세요. 지금 다 말해드릴게요. 정신과 치료? 받은 적 있어요. 마음이 힘들어서 상담받은 적 있어요. 제가 먹는 약? 제가 요즘 비염이 심해져서 약 받아 먹어요. 임신? 애 안 갖냐구요? 못 갖는 건지 안 갖는 건지 저도 헷갈려서 이제부터 알아보려구요. 또 있어요?

조동이　　(당황한다) 왜 이래, 얘. 목소리 낮춰, 취했어?

그녀가 가득 따라 놓은 소주를 입에 털어넣는다.

이서기　　왜요? 앞에서 크게 말하면 안 돼요? 꼭 뒤에서 조용
　　　　　히 소근소근 말해야만 되는 거예요?! 그럼 앞에서
　　　　　할 수 있는 말만 하시면 안 돼요???!

그때 다가온 김혜련 계장.

김혜련　　주무관님 왜 그래? 뭐, 문제 있어?
조동이　　아니, 얘가… 갑자기 버럭…

김혜련 계장이 나를 째려보다가 팔짱을 낀다.
본격적인 전투 태세다.

김혜련　　문제 있나 보네. 불만 많아? 말해 봐, 어?

김혜련 계장.
이곳에 발령받아 온 이후로 내게 한 번도 곁을 준 적 없다.
아니, 오히려 내게 낚싯대를 던지고 기다렸다.

'한 번만 물어봐라' 하면서 작정하고 기다렸다.

내 실수는 그녀의 첫 미끼를 물었을 때, 그때가 시작이었다.

메신저로 시작된 차가운 회초리.

김혜련

> 이서기 주무관, 오늘 오후 3시까지 업무 1, 2 수정
> 해서 메신저로 보고해요. 마감 못 지킬 것 같으면
> 2시 50분까지 야근 올려주시구요. 그 이후론 야
> 근 승인 안 합니다.

그녀의 쪽지에는 항상 타이머가 붙어 있었다. 그 타이머는 언제나 2시간을 넘지 않았다. 1시에 온 쪽지에는 3시까지, 4시에 온 쪽지에는 6시까지의 데드라인이 붙어 있었고, 거꾸로 흐르는 초침 소리는 항상 날 압박했다.

그녀와는 바로 옆옆자리에 앉아 있었지만 내게 절대 육성으로 말을 건 적이 없었다. 내게는 항상 차가운 쪽지를 표창처럼 던져 놓고, 그녀는 밝은 얼굴로 일어나 사무실 동료들에게 다정하게 말했다.

"여러분~ 바빠요? 월요일인데 티타임 한번 할까?"

같은 사무실에 있었지만 나는 내 1인 감옥에서 나가지 못했다.

내 외로운 감옥 바로 옆에서 동료들은 깔깔대며 행복하게 이야기를 나눴다.

작은 사무실에 천국과 감옥이 공존했지만 난 한 번도 천국에 초대받은 적이 없었다. 그들만의 천국에서 즐거워 보이는 계장님에게 도대체 어디가 어떻게 잘못된 거냐고, 난 도저히 모르겠다고, 한 번만 알려주시면 안 되냐고, 도저히 여쭐 수가 없었다. 너무 꽉 조여져 있는 매듭을 혼자서 어쩌지 못하고 혼자 울었다. 풀다가 풀다가 안 풀려서 처음엔 맘으로 울다가, 두 번째는 파쇄기를 틀어놓고 울다가, 세 번째는 세수를 하는 척 울었다.

한 번만 알려주시지. 뭐가 어떻게 잘못된 건지 간단한 힌트 하나만이라도. 하지만 계장님에겐 내가 들어갈 틈이 없었다. 곁이 없었다. 나 빼고 모두에게 친절하고 다정했던 계장님. 내게만큼은 내어줄 곁이 없었나 봐….

그러다 실수가 하나, 둘, 셋, 점점 커졌다. 그럴수록 더 오리무중에 빠졌다. 도대체 어디서부터 실타래가 꼬인 건지 시작점을 찾을 수 없었고, 난 점점 궁지에 몰렸다. 정말 이상하게도 그럴수록 그들의 천국은 점점 더 행복해 보였다.

김혜련   불만 있냐니까?

이서기   아뇨! 저는 없어요. (울컥한다) 근데 저를 왜 그렇게
싫어하세요? 이유를 알고 싶어요.

김혜련　그게 무슨 소리야?

이서기　저만 싫어하시잖아요.

김혜련　어머, 진짜 웃긴다. 너가 업무를 못 하니까 그렇게 된 거라곤 생각 안 해? 니가 노력을 안 하잖아! 니가 망쳐 놓은 게 지금 몇 개야?

이서기　저도 잘하고 싶었어요. 저도 이렇게 다 힘들게 만든 거 너무 죄송한데…. 그냥 뭐가 잘못되었다고 한 번만 가르쳐 주시면 안 되는 거였어요?

김혜련　여기가 학교야? 학원이야? 여기 직장이야. 직! 장! 너 나이 서른 넘었고! 그럼 알아서 앞가림해야지. 내가 너 과외 선생님이니? 매뉴얼 없어? 아니, 모르겠으면 동기한테 물어보면 될 걸. 너 동기 없어? 니 능력 문제를 왜 나한테 삐대?

조동이　(말린다) 아유, 계장님 진정해. (소근대며) 하루 이틀 아니잖아.

이 상황을 조용히 지켜보고 있는 팀원들. 구민수 계장이 나를 안쓰러운 얼굴로 쳐다본다. 구 계장의 눈빛이 나를 향해 말한다. "한번 들이받아 보는 것도 좋고." 난 술을 한 잔 더 입에 털어넣고 이 전투에 본격적으로 참전한다. 대신 그동안의 나약한 갑옷을 탈피한다. 좀 더 커지고 싶어서, 이젠 가둬놓고 싶지 않아서, 그게 몸이든 마음이든 자유로워지고 싶어서.

이서기   근데 뒤에서 업무 외적인 뒷담화는 왜 하세요?

김혜련   내가? 내가 언제?

이서기   (말리는 조동이를 가리키면서) 조동이 주무관님이 저한테 다 말했어요. 김혜련 계장님이 뒤에서 내 말 한다고. 저 없을 때마다 진짜 제 욕만 한다고.

조동이가 내 급발진에 안절부절못한다

조동이   야, 야, 내가 언제. 아, 계장님… 그, 그게 아니구요.

김혜련 계장이 조동이의 팔을 뿌리친다. 그리고는 얼굴이 화끈히 달아오른다. 귀까지 전부 다. 남의 약점을 공유하며 친해진 관계는 너무나 얄팍하다. 영원한 친구도 없고 영원한 적도 없는 사회라는 세상. 영원한 친구인 줄 알았던 그들이 내가 던진 작은 돌 하나로 방금 영원한 적으로 돌아섰다.

이서기   업무 때문만은 아니잖아요.
          도대체 왜 저만 싫어하시냐구요!

내가 옷을 벗자 계장님도 옷을 벗는다.

김혜련 왜 싫어하냐고? 사람 싫어하는 데 이유 있니? 그냥 싫을 수도 있는 거잖아! 니가 그냥 일을 못하는 것처럼! 그냥!

각자의 가면을 벗고 서로의 앞에 선 이 순간, 상처 위에 상처를 또 낸다. 후련할 줄만 알았는데 더 아프다. '그냥'이라는 두 글자가 너무나 아프다.

"그냥"

난 원인이 분명 내게 있을 거라고 생각했다. 내 처음 실수가 너무나 터무니없었나 봐. 아니면 처음 혼날 때 죄송하단 말이 부족했었나 봐. 어떻게든 가까워지고 싶어서 웃으며 다가갔던 그때가 문제였나 봐. 부담스러웠겠지. 내가 아무래도 사회성이 좀 떨어지나 봐. 내가 문제인가 봐. 내가 문제겠지. 근데 도대체 뭘 잘못했지?

항상 나 스스로에게 활을 겨누고 그녀의 사소한 눈초리나 한숨에 사정없이 활을 쏘아댔는데, 사실 내 추측 중에서 맞는 게 단하나도 없었던 거다. 그녀는 그냥, 그냥 내가 싫었다고 고백한다. 내가 어떤 노력을 해봤자 절대 깰 수 없는 두 글자.

"그냥"

김혜련   뭘 봐, 뭘! 할 말 있으면 해! 다 해!

눈물이 주룩주룩 흐르고 솔직한 속마음이 입술 끝에서 달싹댄다. 입술이 파르르 떨린다.

이서기   (저는 사실 계장님이랑 친해지고 싶었어요. 칭찬받고 싶었어요. 저도 남들처럼 계장님이랑 차도 마시고, 간식도 먹고, 웃으며 같이 잘 지내고 싶었어요)

김혜련   (뒤로 조금 물러나며) 어머, 얘 눈빛 좀 봐. 사람 하나 찔러 죽이겠어. 조심해야 된다는 말이 틀려? 거울 좀 봐, 살기가 얼마나 가득한지!

그때, 들어온 김주성 팀장님.

김주성   김혜련 계장, 그만 하세요.

S#21. 정답은 안에도 밖에도 없어

김주성　괜찮아요?

울고 있는 내게 손수건을 건네는 김주성 팀장님. 벌써 세 번째 손수건이다. 반듯한 네모 모양으로 다려져 있는 팀장님의 손수건. 20년간 이 조직에서 살아남은 팀장님은 이 손수건처럼 완벽하게 네모반듯한 모양이다.

이 조직에서 억지로 살아내는 새파란 후배를 보는 그의 안쓰러운 표정조차도 이젠 너무나 정형화되어 있다. 1mm의 오차도 없이 완벽한 공무원의 모습 그 자체. 나도 이젠 그에게 예외를 두지 않기로 한다. 공무원으로서 정형화된 답변을 하자.

이서기 넵, 소란 피워서 죄송합니다.

그냥 나를 싫어한다는 김혜련 계장의 말에 난 속수무책으로 무너졌다. 그냥이라는 무책임한 말. 아니, 어쩌면 너무나 유아틱한 말. 나도 김혜련 계장처럼 그냥 공무원이 하기 싫으면 안 되냐고 얼굴에 핏대 세우고 세상에 대들고 싶다.

여태껏 세상이 원하는 대로 양몰이 당해왔으면 그냥 한 번쯤은 이탈해도 되지 않겠냐고 양치기에게 요구하고 싶다. 그래도 내가 항상 의지해왔던 김 팀장님이라는 양치기, 그에게 묻고 싶다. 저를 도대체 어느 방향으로 몰아왔던 거냐고. 팀장님을 믿긴 했는데 그 믿음이 맞긴 한 거냐고. 내게 했던 상냥한 말들이 혹시 거짓말은 아니었냐고. 좀만 버틴다면 글도 쓸 수 있고, 동료들이랑도 다 좋아질 거라는 달콤한 양치기의 거짓말.

> **이서기** (팀장님을 똑바로 보며) 팀장님이 항상 좋아질 거라고 말씀하셨는데… 한 번도 좋아진 적 없어요. 더 악화되기만 할 뿐이었어요.

팀장님은 나를 알 수 없는 표정으로 지켜본다.

> **김주성** 담배 한 대 피워도 돼요?

팀장님의 네모반듯한 손수건이 내 손안에서 구겨졌다. 정형화되지 않은 표정과 동작으로 담배에 불을 붙이는 팀장님. 오, 꽤 불량하다. 20년 근속 공무원이라고 하기엔 지금은 좀 구겨졌다.

김주성   왜 봐요.

이서기   (손수건으로 눈물을 톡톡 닦으며) 신기해서요.

팀장님의 손수건에서는 항상 짙은 담배 냄새가 났다. 지금 내 코끝을 찌르는 이 냄새가 팀장님의 입에서 나오는 불투명한 한숨인지, 손수건을 적신 내 눈물 냄샌지 잘 모르겠지만, 그 느낌이 썩 나쁘지는 않다.

팀장님은 조직의 모양을 유지하기 위해서 나를 어느 한쪽 방향으로 몰긴 했지만 그게 결코 가혹한 방식은 아니었다. 이곳에서 생활할수록 나는 점점 물과 기름처럼 따로 놀았는데, 그는 단한 번도 기름에게 너만 왜 기름인 거냐고 다그친 적 없었다.

내가 완전히 분리되어서 떨어져 나가려고 할 때마다 그냥 말없이 적절한 순간 임기응변으로 어항을 흔들어 주셨는데 그건 그야말로 그때뿐이었다. 양치기의 눈치를 보느라 잠깐 섞이는 척했다가 물은 다시 기름을 뱉어냈다.

"퉤퉤퉤… 너는 우리랑 너무 달라."

나는 결국 이것을 부적응이라고 결론내렸다. 물 위에 불안정한 기름으로 둥둥 떠 있는 내가 불안했던 팀장님은 항상 나를 신경 썼다. 그러는 팀장님도 가끔은 버거워 보였는데 나도 어쩔 수는 없었다. 그의 난처한 표정을 읽었으면서도 모른 척했다. 왜냐하면 이 어항에서 어떻게든 살아가야 하니까. 나도 그를 이용했다. 팀장님이 옮겨가는 그곳에는 나만 한 빌런은 없는 것 같던데. 후배들도 다 좋고 그야말로 영전이라고 모두들 축하했다. 이곳에서 일하는 내내 아픈 충치처럼 그의 행복을 방해했던 문제아가 말한다.

이서기 (홀쩍이며) 팀장님, 축하드려요. 그곳에선 행복하세요.

팀장님이 내 말에 갑자기 웃음을 터뜨린다.

김주성 (담배를 발로 끄면서) 하, 참… 그래서 앞으로 계획이 뭐예요.

이서기 그런 건 없어요. 처음에는 있었죠. 팀장님처럼 유능하게 직장생활 하는 거, 그게 계획이었어요.

김주성 근데 그거 알아요? 잘난 사람보다는 약간 무능한 사람이 직장 오래 다닌다는 거?

무능과 유능, 그 기준은 어디서 오는 거지? 어항마다 기준이 다르다면 그걸 기준이라고 힐 수 있을까? 뭍이 더 많은 곳에서의 기름은 무능하지만, 기름이 더 많은 곳에서의 기름은 유능하지 않을까? 잘 섞여 들어가서 제 기능을 할 수 있지 않을까?

김주성   그렇다고 주무관님이 유능하다는 건 아니야. 못하긴 해. 어떻게 시험 봐서 들어왔는지 모르겠는 정도야. 근데 내가 잘하라고 한 적 없잖아요. 못하지만 말라고, 도와주겠다고. 근데 안 하는 거죠? 안 했잖아요. 못한 게 아니라. 이 자리 올라오면 다 알 수 있어. 다 보여. 모를 것 같아요?

목적지에 도착해서야 양치기가 회초리를 든다. 계급이라는 보이지 않는 회초리를 품 어딘가에 숨기고 있다가 목적지에 도착해서 나줄 때가 되어서야 꺼내든다. 어안이 벙벙한 양.

김주성   저도 주무관님이 예뻐서 대신 일해 주고 어화둥둥 해준 것 아니에요. 저도 주무관님 싫었어요. 정말로 맘에 안 들었어요. 일 못하니까. 아니, 안 하니까.

이서기   안 한 건 아니었어요.

김주성   마음이 콩밭에 가 있으니까 금방 포기하는 거예요.

그게 곧 안 한 거예요. 저라고 뭐 마음 떠난 사람 붙
잡고 같이 일하고 싶었겠어요? 떠나라고 하고 싶
죠. 가라고, 너 없어도 일할 사람 많으니까 가라고.
근데 그럴 수 있어요? 내가 관리잔데. 그냥 관리자
니까, 내가 여기 있는 동안에는 업무에 구멍 안 생
기게 잘 관리해야 하니까, 그게 제가 맡은 업무니까
요. 저는 제 업무를 한 것뿐이었어요. 주무관님이 예
뻐서가 아니구요.

내게 울분을 토하는 팀장님. 솔직하다.
솔직하다 못해 적나라한 울분.

김주성   김혜련 계장? 서기 주무관님 그냥 싫다 했죠? (고개
를 절레절레하며) 그냥 아니에요. 주무관님 보고 본능
적으로 아는 거야. 김혜련 계장 짬이 몇 년인데? 얘
는 정답을 이 조직 안에서 찾는 애가 아니다, 몸은
여기 묶여 있는데 맘은 도망가 있다고.
주무관님 말고 여기 사람들 다 이 조직에 정착해서
십몇 년째 일하는 사람들이에요. 몸 바쳐 마음 바쳐
일한 사람들이에요. 그게 자의든 타의든 이미 그렇게
살아온 사람들이에요. 일단 먹고살아야 해서 들어왔

다가 결국에는 이 조직이 꿈이 된 사람들이라구.

왜 ~~주무관님 꿈 찾겠다고~~ 남의 꿈 무시합니까. 그 세월이랑 노력이 같잖아 보여요? 이 사람들의 꿈이 하찮아 보여요? 주무관님 꿈만 중요해요? 너무 이 기적이라고 생각 안 해요? 그리고 일이란 건요, 다들 하기 싫어요. 나도 하기 싫어요. 20년째 아주 딱 하기 싫어서 죽을 맛이라구요.

이서기 근데 왜 해요?

김주성 왜 하냐구요? 하, 참나… 정말 그런 질문은 처음 받아보네.

이서기 안 하면 되잖아요. 그러면 왜 하냐구요. 죽을 맛인 일을요.

김주성 해야 되니까요. 다들 딸린 식구 주렁주렁 많고 책임져야 할 게 많으니까. 좀 쑤시고 지루하고 하기 싫어도 좋은 척 상냥한 척 열심히 하는 척이라도 하는 거예요. 먹고사는 문제가 장난 같아 보여요?

그래서 주무관님이 섞이지 못하는 거예요. 다들 치열한 실전인데 주무관님만 널널한 연습인 느낌이라. 내 딸도, 내 딸도 그래. 인생에 연습이 없는데 자꾸만 한 번 더, 한 번 더. 그 한 번 더의 무게는 누가 감당하는 줄 알고.

팀장님의 얼굴에서 엄마가 보인다.
"엄마는 너가 원하는 거라면 뭐든지 다 해 줬어. 너한테는 할 만큼 했어."

김주성 그리고 사람이 사람 싫어하는 것에 기분 상할 필요도 없는 거예요. 그건 그 사람 소유의 감정이에요. 그 사람 마음이에요. 그냥 놔두면 되는 일 아니에요?

이서기 팀장님….

김주성 저는 여기서 나가지만 이 팀을 위해서는 주무관님이 계획을 빨리 세웠으면 좋겠어요. 주무관님 애 아니에요, 어른이에요. 언제까지 연습만 할 건데요. 마흔까지? 오십까지?
그렇게 젖어들지 못하고 주변만 맴돌면서? 답이 밖에 있다고 생각하면 빨리 밖으로 나가요. 실전에 뛰어들란 말이에요. 그게 모두를 위한 선택입니다. 이건 이제 우리가 업무적으로 엮인 사이가 아니라서 할 수 있는 말이에요.

내가 양인 줄 알고 목적지에 도착한 지금 양치기가 내게 말한다. 너는 사실은 양이 아니었다고, 이젠 양인 척하지 말고 나가라고, 그게 모두를 위한 선택이라고.

"모두를 위한 선택"

나의 퇴사가 모두를 위한 선택이라니.

그 모두에는 나 자신도 포함되어 있다.

하지만 난 잘 알고 있다. 내 재능이 아주 애매한 재능이고, 조직 안에서도 밖에서도 답은 없었다는 것을. 내 마음이 가 있는 콩밭에는 내가 발 뻗을 자리가 없다는 것을 말이다.

이서기 답은 밖에 없어요. 안에도 없었지만요.

김주성 당연하죠.

팀장님이 그때 서류 가방에서 책을 하나 꺼낸다.

책 제목 '근처'

김주성 주무관님한테 꼭 해주고 싶은 이야기였어요. 삶이 너무 무료한 직장인 이야긴데, 주인공이 뭐라고 말하냐면 "나는 그동안 내 마음의 근처를 맴돌면서 살았다. 이젠 내 마음의 중심으로 들어가기로 했다."

중심.

나는 내 중심을 항상 동경했지만 팀장님의 말처럼 그 주변만 뱅뱅 맴돌았다. 공무원 조직에서도 주변인이었고 작가의 세계에서도 주변인이었다.

> **김주성**　정답은 조직 안에도 조직 밖에도 없어요. 각자 마음의 중심, 거기에 있는 거지.

맞아. 내가 처음 된 게 공무원이라서 공무원 조직을 경계로 안과 밖을 나누고 안팎으로 열심히 답을 찾는다고 고민했지만, 이모든 건 시늉일 뿐이었다.

내가 동경하는 중심이 너무 거대해 보여서 내가 너무 미약할까봐, 계란으로 바위치기가 될까 봐, 근처만 맴돌며 변죽만 울리는 비겁한 결정을 해왔던 것이다. 중심으로 한 번도 젖어들어본 적 없었던 것이다.

> **김주성**　공무원이라고 해서 일반 직장이랑 다를 건 없을 거예요. 이건 내가 주무관님 아빠뻘 되는 인생 선배로서 해주는 말이에요. 이 조직을 너무 욕하거나 미워하지 말고, 그래도 주무관님을 처음 받아준 고마운 곳이라고 생각하고 잠시 놓아줘 봐요. 그리고 빨리

주무관님의 중심으로 들어가요. 상황 판단은 빨리 할수록 좋이요, 알겠어요?

내 손에 들린 팀장님의 진심. 근처를 맴도는 주변인에게 주는 나침반. 그 나침반은 반짝이는 중심을 정확히 가리키고 있다. 그리고 그의 마음. 나를 좋아하는 것도 싫어하는 것도 아니고, 단지 어리고 미숙한 주변인을 지켜보는 안타까운 마음.

이서기 (책을 보며) 이거 따님도 주셨죠?

김주성 그놈을 제일 먼저 줬죠. 에휴, 엠제트 세대들이 문제야. 골치가 너무 아파요.

내게 손수건을 모두 내어준 터라 팀장님은 마른 손으로 마른 세수를 한다. 팀장님의 번뇌를 닦아주고 싶어서 나도 내 낡은 에코백에서 이별 선물을 꺼낸다. 단순한 선물이기도 하지만 내가 그동안 생판 모르는 타인에게 일방적으로 졌던 신세를 갚기 위해서, 내게 조건 없이 내어준 고마운 마음을 갚는다.

이서기 저도 이거 선물이에요.

김주성 뭐예요?

이서기 손수건….

김주성 허, 참…. (웃는다)

이서기 편지도 썼어요. 꼭 읽어보세요. 그리고 팀장님은 저
를 싫어하셔도 전 팀장님 좋아요. 그건 제 맘이니까
그래도 되죠? 저 이만 가보겠습니다.

팀장님이 준 나침반을 들고 돌아서서 걷는다.
나침반이 가리키는 중심으로 말이다.
자리에 우두커니 서서 편지를 열어보는 김주성 팀장님.

To 팀장님께

팀장님과 나눴던 모든 대화가 제게는 인상적인 장면이었습니다.

언제 어디서든 행복하세요.

- 이서기 드림 -

S#22. 나랑 글 하나 쓸래요

[허유정 철학관]

종각역, 초조한 얼굴로 어느 후미진 골목 앞에서 간판을 올려다 보고 있다. 그때, 걸려 오는 전화.

이서기 야, 같이 가자고 해놓고.

김소라 난 이제 싱가포르 가잖아. 사주 안 봐도 돼.

도착했어? 예약해 놨으니까 들어가면 돼.

이서기 (손톱을 물어뜯으며) 근데 혼자 가도 되는 곳이야? 왠 지 장기 털릴 것 같은 느낌인데.

김소라 무슨, 그 여자 젊은 여자야. 걱정 안 해도 돼. 명리

학도 공부하고 신내림 받은 지도 얼마 안 돼서 신빨 장난 아니야. 다 맞혀. 진심 소름 끼치도록 명중. 예약금 이미 걸어놨으니까 빨리 들어가, 응? 잘해, 끊는다?

쿵쿵, 면세점 어디에선가 맡아본 고급 향수 냄새. 하얀색 테이블에 하얀색 벽지. 약간 정신병원 같기도 한데. 하긴, 위로받으려고 오는 곳이니 비공식적인 정신병원이라고 해도 무방하겠다. 하지만 의학서적 대신 한자로 쓰여진 책들이 책장에 그득하게 꽂혀 있다. 중국인인가? 한국말 못 하나, 이거.

내 앞에 앉아 있는 신빨 장난 아닌 젊은 여자. 찰랑대는 긴 머리에 하늘하늘한 블라우스에 모노톤 메이크업. 신빨이 장난 아니라기엔 너무 참한 이목구비. 예쁘다. 도대체 몇 살일까.

허유정 몇 살이에요?
이서기 네? (혼잣말로 중얼거린다) 오, 한국인은 맞나 보네.
허유정 (생긋 웃으며 종이에 적을 준비하고) 생년월일, 태어난 시.
이서기 아, 예. 91년 5월….

한지에 붓펜으로 슥슥 무언가 쓰는 이 여자. 도대체 뭐라고 쓰는 건지 알 수는 없는데 그녀의 찌푸려지는 미간 때문에 순간

침을 꿀꺽 삼킨다. 급기야 고개를 갸우뚱하는 젊은 무당 언니. 삐뚤어진 고개외 가두만큼 내 속도 삐뚤어지고 오늘 아침에 먹은 게 울렁거린다. 향수 냄새 때문인가. 정신이 혼미해.

허유정　하나 뽑아 봐요.

갑자기 바구니를 내미는데 알록달록한 구슬들이 들어 있다. 무엇을 위한 제비뽑기지?

이서기　뭔데요?

허유정　번뇌.

손을 집어 넣어 휘젓휘젓한다. 내 머릿속 108 번뇌를 휘젓는다. 짤그랑짤그랑 예쁜 소리를 내는 내 번뇌들.

이서기　(대충 뽑아 건네며) 여기요.

허유정　(받아들고 갑자기 눈을 치켜뜨며) 직장 때문에 힘들구나?

오, 신빨이야!
그녀의 눈빛이 내 몸통을 관통한다.

둘이 앉아 있는데 갑자기 둘이 아닌 것 같은 묘한 느낌.
괜히 두리번두리번하다가.

허유정   음, 나랏일 하네. 사주에 관이 몇 개야 하나, 둘, 셋.

신뢰 작업은 끝났다. 그래, 어차피 운명은 정해져 있는 건지 몰라. 내가 할 수 있는 일은 없을지도 몰라. 세상은 너무 크고 나는 고작 한 톨 먼지 같은데 초미세한 내가 도대체 뭘 할 수 있었겠어. 자리를 고쳐 앉고 눈을 반짝이며 묻는다.

이서기   그래서… 저는 계속 공무원을 해야 할까요?
허유정   공무원 아니면 뭐 하고 싶은데?
이서기   저는… 작가가 되고 싶어요.
허유정   (내 얼굴을 들여다보며) 아닌데? 얼굴에 글자가 하나도 없는데?

오호, 관상도 본다. 사주도 보고, 관상도 보고, 미래도 보고, 과거도 보고, 못 보는 게 없다. 나를 똑바로 보는 그녀의 눈동자가 점점 까매진다. 신이 차오른다.

이서기   (얼굴을 만지작하며) 그래요?

붓펜으로 내 사주팔자가 적혀진 종이를 슥슥슥 긋는다.

허유정 여기도 충, 충, 충. 너무 많아. 다 깨져. 밖에 나오면 다 깨져. 박복하다 박복해. 겁재야, 겁재. 재가 겁탈 당해. 아휴, 쯧.

점점 울상이 되는 내 얼굴.

허유정 사람 구실 하려면 나랏밥 먹어야 되겠어.

이서기 사람 구실이요?

허유정 1인분은 하고 살아야 할 거 아니야! 엄마, 아빠 등골 빼 먹고 언제까지 기생충처럼 살래? 니 부모가 전생에 나라를 팔아먹어서 너 때문에 평생 고통받아. 불쌍하지도 않니? 너 결혼 했어, 안 했어?

이서기 했어요….

허유정 너는 그나마 인복으로 먹고사는 팔자야. 어딜 가도 쩜오야. 남들이 너 대신 1.5인분 해주면서 그렇게 평생 민폐 끼치며 사는 팔자.

하, 여기 정신병원 맞나 보다.
정신병을 얻어서 나갈 것 같아.

허유정　초년엔 부모 등골 빼 먹고, 중년엔 남편 등골 빼 먹고, 노년엔 자식 등골 빼 먹어. 쩜오 쩜오 쩜오! 평생 1인분을 못해. 아휴, 쯧… 뭐 이런 게 다 있어.

이서기　그렇게… 빼 먹진 않는데….

허유정　니가 지금 조상이 도와서 용케 공무원이 돼 가지고 이렇게 사람 모양으로 살지. 공무원은 안 짤리잖아. 니가 쩜오를 하든 아예 아무것도 못 하든. 그래도 1인분은 하고 살아야지! 그러려면 저얼대 그 울타리 나오면 안 돼.

공무원은 안 짤린다….

그래도 1인분은 하고 살아야지….

우리 엄마가 하던 말인데.

신이 아니라 우리 엄마가 들어 있는 거 아니야?

허유정　글 쓴다고? 뭘 써 니가? 일기장에나 쓰겠지.

"니가?"

사람으로 모자라 신도 내 재능을 보고 비아냥댄다.

신 앞에서 차마 말대꾸는 못 하겠어서 꿀꺽 삼키려다가 갑자기 의구심이 든다. 관상도 보고, 사주도 보고, 내 미래도 다 본다면서…. 내가 어쨌든 세상에 내놓은 내 성과는 왜 못 보는 건지. 도대체 왜 그렇게 나한테만 박한지.

이서기 (울먹인다) 그래도 출판은 했어요.
허유정 천운 끌어다 썼네. 쓰잘데기없는 데 니 노년 운까지 죄다 끌어다 쓰면 어쩌자는 거야? 사주에 붓도 없고, 먹도 없고, 하나도 없는데!

창과 방패의 대화다. 신이라는 방패는 너무 강력해서 어떤 사실도 속수무책으로 부서진다.

이서기 (울고 싶다) 죄송해요. 그럼 저… 공무원 해요?
허유정 너한테 선택권은 없어.

선택권은 한 번도 없었다. 이제는 한 번만 선택해보고 싶어서, 변죽만 울리는 인생 말고 중심을 파보고 싶어서, 힘들 걸 알고도 삽질을 해보고 싶어서, 항상 눈 감고 살다가 눈부신 중심 앞에서 눈을 뜨기 직전이었는데. 신이 내 앞을 가로막는다.

내게는 중심을 선택할 자격이 없다고. 그건 오로지 신만이 할 수 있다고. 그렇게 계속 장님으로라도 살면 된다고 선심 쓰듯이 말한다.

허유정　공무원만 해. 그것만 하면 인생 순탄해. 굴곡 없이 오행은 갖춰져 있는 인생이야. 평범하게 살기 딱 좋은 팔자. 니 무덤 니가 파지 마.

갑자기 억울해진다.

이서기　제가 공무원 관두는 게 무덤 파는 거예요?
허유정　무덤만 파는 거야? 관 짜서 들어가는 꼴이지.
이서기　그럼 어떻게 하라구요.
허유정　그걸 왜 나한테 물어.
이서기　신이 다 알고 있다면서요.

그때 갑자기 색깔이 빠지는 신의 눈동자. 새까만 써클렌즈 낀 것 같던 눈동자가 갑자기 자연스러운 갈색이 된다.

허유정　내가 죽으라고 하면 죽니?
이서기　네…?
허유정　결정은 니가 해. 결정했으면 책임을 지면 되는 거야. 그게 니가 할 일이야. 여기에 와서 이럴 게 아니라.

종로의 길거리.

너덜너덜 길으면서 기특을 보낸다.

이서기   야, 나 공무원 관두면 인생 망한대.

김소라   엥? 진짜로?

이서기   어. 에휴, 그러면 그렇지. 이럴 줄 알았어.

김소라   야, 사주 그거 K-편견이야. 한국에서만 먹혀. 싱가
          포르로 가자. ㅋㅋ

이서기   그럼 난 싱가포르에서 공무원 해야 되냐. 죽었다 깨
          나도 공무원 팔자라는데, 후….

한숨을 쉬는데 전화가 한 통 온다.

이서기   여보세요.

대표님   작가님, 잘 지내셨어요?

이서기   누구세요.

대표님   저희 일전에 한 번 미팅했었는데, 이미 계약을 하셔
          서 성사는 안 됐었지만.

터덜대던 발이 멈춘다.

세상도 멈춘다.

나를 향한 신의 메시지.

대표님   나랑 글 하나 쓸래요?

딱 1인분만 할게요

초판 1쇄	2023년 7월 1일
지 은 이	이서기
책임편집	묵향
북디자인	김룰루
일러스트	김룰루
펴 낸 곳	책수레
출판등록	2019년 5월 30일 제2019-00021호
주 소	서울시 도봉구 노해로 67길 2 한국빌딩 B2
전 화	02-3491-9992
팩 스	02-6280-9991
이 메 일	bookcart5@naver.com
블 로 그	https://blog.naver.com/bookcart5
인 스 타	@bookcart5
ISBN	979-11-90997-15-7 (13800)

· 이 책은 저작권법에 따라 보호받는 저작물이므로 무단 전재와 무단 복제를 금합니다.
· 잘못된 책은 구입하신 서점에서 교환해 드립니다.